# 어미 개 77, 개 농장 탈출 사건

# 어미 개 77, 개 농장 탈출 사건

1판 1쇄 2024년 11월 11일

지은이 최수영  그린이 유재엽

펴낸이 모계영  펴낸곳 가치창조  출판등록 제406-2012-000041호
주소 경기도 고양시 일산동구 중앙로1347, 228호(장항동,쌍용플래티넘)
전화 070-7733-3227  팩스 031-916-2375
이메일 shwimbook@hanmail.net

ISBN 978-89-6301-398-5 (73810)

단비어린이 는 가치창조 출판그룹의 어린이책 전문 브랜드입니다.

 제조자명 가치창조 | 제조국명 대한민국 | 사용연령 8세 이상
KC마크는 이 제품이 공통안전기준에 적합하였음을 의미합니다.

# 어미 개 77, 개 농장 탈출 사건

최수영 글  유재엽 그림

단비어린이

# 차례

# 77 나타나다

"띠리냥냥, 또로냥냥~ 띠리또로냥냥."

카레와 짜장 합동 사무소에 전화벨 소리가 요란하게 울렸어. 짜장은 벨 소리만 들어도 오늘 하루가 무척 바쁠 것 같은 예감이 들었지.

"냥냥~ 카레와 짜장 합동 사무소, 짜장 탐정입니다."

짜장은 힘찬 목소리로 전화를 받았어.

"짜장 탐정, 나야 나. 여기 동물 보호소인데 방금 아주 난폭한 댕댕이가 들어왔어. 지금 케이지에 간신히 보호 중인데 너무 흥분한 상태라 대화를 나눌 수도 없고, 뭔가 심각한 사연

이 있는 것 같다옹.”

펀치 냥이 전화를 했네. 보호소에서 일하고 있는 펀치 냥은 이름처럼 아주 강력한 냥냥 펀치를 잘 날리는 냥이야. 펀치 냥의 주먹은 말 그대로 핵 주먹이지. 예전에는 아주 유명한 복싱 선수였다고 하더라고.

“가까이 다가가기라도 하면 펄쩍펄쩍 뛰고 아주 사납게 으르렁 거린다옹.”

펀치 냥의 목소리가 높아졌어.

"혹시, 요 며칠 고양이 밥을 다 먹어 치우고 다닌다는 그 댕댕이 말하는 건가?"

"어? 맞아. 어떻게 알았어?"

"지나가는 동네 냥에게 들었어. 그렇잖아도 이상하다 싶어 조사를 시작하려던 참이었거든."

"그랬구나. 아까도 냥이 사료를 습격하고 있다는 신고가 들어와서 출동했었어. 무슨 위험한 상황이라도 벌어질 것 같아 급히 달려갔지. 현장에 도착했을 땐 그야말로 난장판이었어. 가까이 가려고 하면 무서운 이빨을 드러내며 컹컹 짖어 대고, 이리저리 날뛰고 소리 지르는 바람에 보호소 직원이 이동식 케이지에 댕댕이를 넣을 때까지 얼마나 애를 먹었는지 몰라."

"그 댕댕이, 뭔가 원하는 게 있는 걸까?"

짜장이 예리한 탐정의 촉으로 물었어.

"아, 맞아. 케이지 안에서도 뭘 찾아야 한다며 한바탕 소란을 피웠어. 몸 상태도 좋지 않아 보이는데 말이야. 혹시 너희가 도와줄 수 있을까?"

"그럼. 그런데 뭘 찾고 싶은 걸까?"

짜장은 잠시 생각에 잠긴 듯 눈초리를 갸름하게 떴어.

"일단은 만나 봐야겠어. 지금 갈게. 냥냥."

짜장은 전화를 끊고 재빠르게 카레를 쳐다보았어.

"카레 변호사! 펀치 냥에게서 의뢰가 들어왔어."

"나도 들었어. 뼈밖에 남지 않은 바짝 마른 개가 냥냥이 사료를 먹어 치운다고 하더군."

"뭐야? 카레, 너도 알고 있었어?"

짜장이 놀라서 묻자 카레가 당연하다는 듯 부드럽게 눈웃음을 지었어.

"그런데 말이야. 냥이 사료를 댕댕이가 먹으면 안 되는 거

아냐?"

카레가 물었어.

"그래, 맞아. 살이 찌거나 소화가 안 돼서 몸에 좋지 않다고
들었거든."

짜장이 걱정스럽게 맞장구를 쳤어.

"자, 그럼 출발해 볼까."

카레와 짜장은 서둘러 합동 사무소 문을 나섰어.

"출동!"

카레와 짜장은 근육으로 똘똘 뭉친 엉덩이를 실룩거리며
보호소로 향했어. 휙휙! 달리는 발걸음은 날렵했지만 머릿속
은 실타래가 꼬인 것처럼 복잡하기만 했지. 이번에도 안타까
운 사연일 것 같아 마음 한쪽이 아주 무거웠거든.

카레와 짜장은 그 댕댕이를 어서 빨리 만나고 싶었어. 하지
만 보호소로 가는 길에 고양이 신호등을 다섯 개나 건너야 했
지. 짜장과 카레는 급한 마음을 잠시 접어 두고 고양이 신호
등이 잘 작동하는지 살펴보았어. 응? 고양이 신호등이 뭐냐

고? 간단하게 이야기해 줄게 잘 들어 봐.

고양이 신호등은 카레와 짜장 덕분에 생긴 거야. 그게 무슨 말이냐면, 차가 많이 다니는 야옹 네거리에 고양이 교통사고가 자주 일어났어. 카레와 짜장은 안타까운 마음이 들어 그곳에서 냥냥 시위를 시작했지. 그 후 소식을 전해 들은 냥들이 이 시위에 동참하게 되면서 카레는 고양시를 상대로 고양이 신호등을 만들어 달라고 강력하게 주장하게 되었대. 결국 냥들의 노력으로 야옹 네거리에 고양이 신호등이 생기게 된 거야. 이제는 고양이들도 신호등을 보고 안전하게 도로를 건널 수 있게 되었어. 신기방기한 고양이 신호등을 보려고 전국에서 어마어마한 냥들이 몰려드는 바람에 야옹 네거리가 엄청 유명해졌다지 뭐야. 하하.

지금도 봐. 횡단보도 앞에서 다들 카레와 짜장을 알아보잖아.

"안녕하세요. 요즘 저희는 학교에서 신호등 건너는 방법을 배우고 있어냥."

"아, 그렇구나."

카레와 짜장은 신나게 웃고 떠드는 어린 냥들을 바라보는 것이 무척이나 즐거웠지.

참참, 고양이 유치원에서 고양이 신호등이라는 동요도 부른다지 뭐야. 귀여운 냥들이 동요를 어찌나 신나게 불러 대는지 한 번 들은 카레와 짜장도 다 기억할 정도였어.

♬노란불 큰일 나! ♩파란불 안전해!
요리조리 살피고 사뿐사뿐 건너냥♪

"카레 변호사님도 한 번 따라 해 보시죠."

능청맞게 말하는 짜장을 보고 카레는 웃음이 나왔어. 흥이 생긴 카레도 슬며시 불러 보았지.

♬노란불 큰일 나! ♩파란불 안전해!

요리조리 살피고 사뿐사뿐 건너냥♪

입에 착착 붙는 노래가 마음에 들어 얼굴에 흐뭇한 미소가 번졌어. 카레와 짜장은 노래를 흥얼거리며 동물 보호소를 향해 힘차게 달려갔지.

"컹~ 컹컹~ 컹컹."

보호소 입구에 도착할 때쯤 유난히 시끄럽게 짖어 대는 소리가 들렸어. 아니, 누가 보면 도둑이라도 든 줄 알겠어. 헛, 참!

"펀치 냥이 말한 그 댕댕이인가 봐."

짜장이 주위를 경계하며 귀를 쫑긋거렸어.

"도대체 무슨 일이람?"

카레가 저 멀리 마중 나오는 펀치 냥을 응시했어. 떡 벌어진 어깨와 우람한 팔뚝 근육이 회색 벽돌처럼 단단해 보였지. 펀치 냥은 근육질 모습과는 달리 아주 상냥하게 맞아 주었어.

"어서 와."

짜장이 호기심 어린 눈으로 물었어.

"댕댕이는 좀 어때?"

"그게 말이야, 외모로 봐서는 진돗개 같아. 다른 직원 말로는 댕댕이 귀 안쪽에 77이라는 숫자가 쓰여 있다고 하네."

"숫자?"

카레와 짜장은 서로 마주 보았어. 뭔가 의심스러울 때 나누는 예리한 눈빛이었지.

# 77의 숨겨진 이야기

짜장은 보호소 안으로 들어가 77을 조심스레 바라보았어. 왜 그런지 모르지만 서 있는 자세가 무척이나 엉거주춤했지. 카레도 77의 발을 내려다보다가 깜짝 놀랐어. 발갛게 부어 오른 발바닥은 보기에도 염증이 심해 보였거든. 게다가 어기적거리는 몸짓이라니. 분명 관절도 건강하지 않아 보였어. 아참, 이 댕댕이는 지금까지 단 한 번도 목욕이라는 걸 경험해 본 적이 없는 것 같아. 몸에서 아주 지독한 악취가 풍겼거든. 온몸에 빨간 발진도 심해 털이 아니라 그냥 누더기를 걸친 것 같았지. 축 늘어진 젖이 퉁퉁하게 불어 있는 것으로 봐서는

새끼를 낳은 지 얼마 되지 않은 어미 개가 확실했어. 이것만으로도 짜장과 카레는 77의 상태를 어느 정도 파악할 수 있었지.

"혹시 다른 정보는?"

짜장이 펀치 냥에게 낮은 목소리로 물었어.

"그냥 겉으로 보이는 게 다야. 보통은 보호소에 들어오면 겁을 먹거나 시간이 조금 지나면 얌전해지는데 한결같이 거친 걸 보면 좀 특이하달까. 그리고 계속 뭔가를 찾아야 한다고 했어."

짜장은 눈을 아주 가느스름하게 떴어. 이것은 짜장이 추리를 하고 있을 때 나오는 버릇이야. 짜장은 마음을 단단히 먹고 녀석에게 가까이 다가갔어. 77은 곧바로 이빨을 드러내며 심한 경계를 했지.

"크르르릉……"

77이 소리를 내자마자 곧바로 짜장이 코를 감싸 쥐었어. 헙!

"크하아악……."

이, 이건 하악질이 아니고 그냥 구역질이야. 진짜로 냄새가
고약했거든. 끙!

100일 동안 이빨을 닦지 않으면 저렇게 되나? 놀라울 지
경이었지. 역시 이빨은 매일 닦아야 하는 게 맞아. 아주 깨끗
하게 말이야. 깔끔한 냥들에게는 기본적인 매너라고나 할까.
그나저나 77의 표정을 보니 아주 대단한 각오라도 한 것 같
았어.

"저, 이봐. 오해하지 말라고. 보호소 직원들은 너를 도와주
려는 거야."

"크르릉, 그런 말도 안 되는 헛소리 집어치워. 컹!"

77이 송곳니를 드러내며 무섭게 으르렁거렸어.

"있잖아, 나 같아도 이 상황이 불편할 거라 생각해. 근데 77,
잘 들어 봐. 집도 없이 떠돌아다니는 댕댕이는 아무래도 위험
한 동물이라고 생각한단 말이야. 너에게 물리기라도 하면 심
각하게 다치거나 어쩌면 죽을 수도 있으니까. 너의 그 무서운

송곳니만 봐도 알 수 있다고."

77은 짜장이 하는 말에 화가 났는지 앞발로 철문을 세게 내리쳤어. '쾅' 소리에 짜장과 카레는 잠시 턱을 덜덜 떨었지. 아무리 케이지에 들어가 있다고는 하지만 개는 개잖아. 고양이에게 개는 무서운 존재이니 오금이 저릴 수밖에. 그래도 짜장은 침착하게 수염을 쓰다듬으며 아무렇지 않은 척했어.

"험험. 이봐, 그렇게 무섭게 위협하면 무슨 대화를 나눌 수 있겠어. 그만 진정하라고."

77은 짜장 말에는 아랑곳하지 않고 몸을 이리 쿵! 저리 쿵! 부딪쳤어.

"날 내보내 줘. 컹컹!"

"휴, 저러다 다치기라도 하면 어쩌지?"

카레 미간에 깊은 주름이 잡혔어.

"아무래도 시간이 필요할 것 같아."

"음, 그래도 조금 더 노력해 봐야지."

짜장이 무서운 마음을 진정시키며 다시 다가갔어. 77은 눈에 힘을 잔뜩 준 채 노려보고 있었지.

"이봐, 77. 내 말 좀 들어 봐. 여기는 안전한 곳이야."

"뭐야, 왜 자꾸 나를 77이라 부르는 거야?"

카레와 짜장은 마주 보았어. 아주 어리둥절한 표정으로 말이야.

"몰라서 묻는 거야? 그야, 네 귓속에 77이라는 숫자가 쓰여 있다고 해서 그랬지."

카레 말을 들은 77은 몹시 슬픈 표정을 지으며 한참 동안 바닥만 바라보았어.

"우리가 도울 테니 마음 놓으라고."

짜장 말에 77은 갑자기 버럭 화를 내며 소리쳤어.

"뭐라고? 으아아아! 고양이들이 나를 어떻게 도와주겠다는 거야? 컹컹!"

77이 갈비뼈가 드러나는 깡마른 몸을 부들부들 떨고 있었어.

"지금 너무 흥분 상태야."

21

펀치 냥이 마음을 졸이며 걱정스럽게 말했어.

"조금 더 기다려 보자."

카레가 차분한 목소리로 대답했어. 77은 흥분을 이기지 못하고 금방이라도 풀썩 쓰러질 것 같았지. 짜장이 나지막한 목소리로 펀치 냥에게 부탁했어.

"우선 먹을 것과 따듯하게 감쌀 이불을 가져다줘."

77 배 속에서 꼬르륵 소리가 우렁차게 울린다는 사실을 귀 밝은 짜장은 알고 있었지. 펀치 냥은 재빠르게 따듯한 물에 댕댕이 사료를 불려서 가지고 왔어. 엄선된 먹거리로 만들어진 영양 만점 시리얼이었지. 펀치 냥은 시리얼을 자신 있게 77 앞에 내려놓았어. 절대로 거부할 수 없을 거라 여기면서 말이야. 짜장과 카레도 편안하게 음식을 먹을 수 있도록 자리를 비켜 주었지. 하지만 모두의 바람에도 77은 음식을 먹지 않았어. 77의 숨소리가 점점 거칠어졌어.

"크르르릉, 컹컹."

그때였어. 옆 케이지에 있던 보더 콜리가 굵고 낮은 목소리로 말했어.

"이봐. 이곳은 안전한 곳이야. 내가 며칠 전에 들어왔는데 여기서 주는 음식을 먹고 아직까지 탈이 나지 않은 걸 보면 먹어도 괜찮다는 증거지."

77은 보더 콜리의 말을 듣고 아주 살짝 마음이 움직였어. 그렇게 눈치를 한껏 보는 것 같더니 고소한 냄새가 나는 음식에 은근슬쩍 혀를 가져다 댔어. 무슨 일이라도 생기지 않을까 조금은 의심스러워하면서 말이야.

"꼬르륵……."

77 배 속에서 계속해서 끓는 소리가 나자 보더 콜리가 다시 말했어.

"걱정 말고 어서 먹으라고!"

77은 보더 콜리 말대로 눈을 딱 감고 펀치 냥이 가져온 시리얼을 게 눈 감추듯 허겁지겁 먹어 치웠어. 사실 너무나 배가 고팠거든. 얼마나 맛있는지 그릇 바닥까지 쩝쩝거리며 핥았지. 배를 채운 77이 편안하게 트림을 했어.

"끄윽."

77이 여유가 생긴 것 같아 보이자 보더 콜리가 은근슬쩍 말을 걸었어.

"잘 먹었나 보군. 그런데 여기는 어쩌다가 들어오게 된 거야?"

77은 고개를 푹 떨구며 나지막이 말했어.

"휴, 난 여기를 나가야 해. 되도록 빨리."

"그래? 무슨 급한 일이 있는지 몰라도 아까 왔던 냥들에게 도움을 청해 봐. 나도 카레와 짜장 덕분에 중요한 것을 찾았거든."

"중요한 것?"

77은 보더 콜리 말에 관심을 보였어.

"그래. 아주 중요한 것이지. 내가 자주 가던 성당 안 정원에 가문비나무가 한 그루 있는데 거기 아래에 빛나는 돌덩이 하나를 묻어 두었어. 사람들은 그걸 금덩이라고 부르더군. 내 눈에도 진귀해 보이기에 나를 잘 돌봐 줄 집사에게 주려고 아무도 모르게 숨겨 놓았지. 매일매일 그곳에 가서 확인을 하는 게 일과 중 제일 중요한 일이었어. 그런데 내가 이곳에 붙잡혀 오다 보니 누군가 그걸 가져갈까 봐 걱정이 되더라고. 내가 하도 내보내 달라고 졸라 대니까 펀치 냥이 그 유명하다는 카레 변호사와 짜장 탐정을 소개해 주었어."

"그 금덩이, 찾았어?"

"당연하지. 한밤중 보물찾기 같다고 하면서 그날 밤, 당장 출동해서 가져오더군."

77은 보더 콜리가 금덩이를 찾았다는 소리를 듣고 안심이 되었어. 보더 콜리는 자기 이야기하는 것에 재미가 들었는지 계속해서 말을 늘어놓았어. 하지만 몸이 따뜻하고 배가 불러서일까? 77은 무거운 눈꺼풀을 견디지 못하고 자꾸만 눈을 감았어. 개 농장을 도망친 이후 제대로 먹지도, 편히 자지도 못했으니 어련하겠어.

짜장 탐정은 77의 식사가 끝나기를 기다리면서 지금까지 알게 된 정보로 추리 퍼즐 조각을 맞춰 보고 있었어. 냄새나는 몸은 피부병으로 누더기 상태였고 새끼들에게 먹일 젖이 불어 있었으며 발바닥에 심한 염증이 있다는 이 세 가지 사실에 주목했지. 그건 77이 안전하지 않은 곳에서 지냈고, 젖을 먹일 새끼들을 두고 그냥 나올 수밖에 없었던 피치 못할 이유가 있을 거라는 것, 마지막으로 뭔가를 찾으러 다시 돌아가야 한다고 했지. 짜장은 오래도록 곱씹으며 생각했어. 뛰어난 탐정은 추리력이 생명이니까. 흠흠, 근데 그 찾아야 한다는게 도대체 뭘까? 짜장은 너무나 궁금해서 빨리 알아내고 싶었지.

77이 밥을 먹고 얼핏 잠든 시각, 카레와 짜장은 펀치 냥이 77에게 주려고 가져온 깃털처럼 가볍고 보드라운 이불에 눈길을 주고 있었어. 딱 보기에도 구름처럼 포근해 보였지. 짜장은 분홍 젤리 발바닥으로 이불을 살살 훑어 내렸어.

"샤르르한 이 느낌, 뭐지? 하늘에 떠다니는 구름보다 따듯한 봄 햇살보다 더 부드럽다 냥."

구름 이불에서 느껴지는 것이 꼭 엄마 품 같아서 손을 아니발을 뗄 수가 없었어. 카레도 이불의 촉감을 느껴 보았어.

"아, 아. 온몸이 달콤한 아이스크림처럼 살살 녹아내리는 기분이다 냥."

카레도 짜장도 이불이 마음에 쏙 들어 함박웃음을 지었어.

"이봐. 정신들 차리라고!"

펀치 냥은 이불에 홀딱 정신이 팔린 카레와 짜장에게 반달 눈웃음을 지어 보였지. 실은 펀치 냥도 구름 이불을 처음 봤을 때 똑같은 생각을 했었거든. 하하.

카레와 짜장, 펀치 냥은 77이 밥을 다 먹었는지 확인하러 갔어. 엇! 밥그릇은 누가 설거지라도 한 듯 아주 깨끗했고 77은 몸을 옹송그린 채 케이지 안에서 곤히 잠들어 있었지. 얼마나 힘이 들었을까. 아니, 어쩌면 잠든 게 아니라 너무 피곤해서 기절한 건지도 몰라. 펀치 냥은 보드라운 구름 이불로 77을 포근히 감싸 주었어. 모든 일이 순조롭게 잘 풀리길 바라는 마음으로 말이야.

# 개 농장을 탈출하다

웅크리고 잠들었던 77이 소스라치게 놀라 벌떡 일어났어. 무서운 꿈이라도 꾸었는지 바들바들 떨고 있었지. 77이 일어나기를 기다리던 카레와 짜장은 77의 모습에 적잖이 놀랐어.

"이봐. 77, 괜찮아?"

77은 잠시 묘한 기분이 들었어. 괜찮냐는 물음이 귓가에 뱅글뱅글 맴돌았거든. 77은 속마음을 들키지 않으려고 괜찮은 척했어.

"좀 늦기는 했지만 이름이 뭔지 물어봐도 돼?"

카레의 조심스런 질문에 77은 아무 대답도 하지 않았어.

"털이 하야니 백구인가?"

"……."

대답하기 싫었나 봐. 뭐, 그럴 수도 있지. 험험!

77은 텅 빈 눈으로 그저 빈 밥그릇만 쳐다보았어. 짜장 탐정은 그걸 놓치지 않았지.

"먹을 게 좀 더 필요해."

펀치 냥은 짜장이 귓속말하는 것을 듣고 살며시 일어나 밖으로 나갔어.

"음, 백구가 아니라면 그냥 77이라고 부를게."

"……."

77은 여전히 대답이 없었어. 답답하지만 어쩌겠어. 그냥 시간이 더 필요하다는 말로 이해하는 수밖에. 흠!

밖으로 나갔던 펀치 냥이 먹을 것을 조금 더 가져왔어. 77은 이번에도 아주 깨끗하게 그릇을 비웠지.

"이제 네 사연을 들어 볼 수 있을까?"

카레가 말하자 77의 표정이 조금 더 부드러워졌어. 카레와 짜장은 77에게 가볍게 인사를 건넸어.

"난 카레야. 직업은 고양이 변호사! 누군가에게 억울한 일이 생기면 그들을 변호하는 일을 하고 있어. 도움이 필요하면 언제든 말해."

"난 짜장이야. 직업은 고양이 탐정! 의뢰된 사건을 추적하고 조사하는 일을 하지. 실력이 좋기로 아주 유명하다는 것만 알아줘."

짜장이 말을 마치면서 윙크를 날렸어. 카레는 당황한 표정을 지었지만 짜장은 룰루냥 랄라냥 콧노래를 부르며 아랑곳하지 않았지. 옆에 있던 펀치 냥이 웃음이 쏟아지는 걸 참으려고 발바닥으로 입을 가렸어.

카레는 짜장과 펀치 냥에게 눈총을 주었어. 좀 진지해지라는 표현이었지. 짜장과 펀치 냥은 눈치를 보면서 눈동자를 요리조리 돌렸어.

"우리는 네가 하는 말을 들을 준비가 되어 있어. 괜찮다면 그동안 어떻게 살아왔는지, 무슨 일이 있었는지 자세하게 말해 줄래?"

카레가 부드러운 목소리로 설득했어.

"그래, 우리가 도와줄게."

짜장과 펀치 냥이 카레 옆에서 성심껏 거들었지. 77은 자기 앞에 모여 앉은 고양이 세 마리를 찬찬히 바라보았어.

"너희들, 나를 왜 도우려 하는 거지? 도대체 뭘 원하는 거야?"

"우리는 너를 도와서 조금이라도 살기 좋은 세상이 되기를 바랄 뿐이야. 사실 네가 냥냥이 사료를 먹었던 이유가 궁금하긴 해."

카레의 부드러운 목소리 때문이었는지 냥들의 빛나는 눈동자 때문이었는지는 몰라도 77은 전보다 아주 조금 마음을 연 눈치였어. 그래도 77은 까만 눈동자를 껌벅거리며 자꾸만 주저했지. 아무래도 말하기 쉽지 않은 것 같았어.

"저기 말이야. 혹시 찾으러 가야 한다는 게 뭔지 물어봐도 될까?"

짜장이 망설이는 77에게 먼저 말을 걸었어.

"뭐?"

"펀치 냥이 네가 뭔가를 찾아야 하는데 그걸 좀 도와 달라고 했거든."

"……. 그래, 맞아. 나는 꼬물이들을 찾으러 가야 해. 제발 도와줘. 흑흑."

77은 꼬물이들을 생각하며 그동안 참고 참았던 눈물을 뚝뚝 떨어뜨렸어. 어찌나 애처롭게 울어 대는지 무척이나 마음이 아팠어.

"너의 사정을 알면 더 빨리 도울 방법을 찾을 수 있을 것 같아."

카레가 부드럽게 말했어.

"그래……."

77이 힘들게 울음을 멈추며 짧게 대답했어. 어떻게 이야기를 시작해야 하나 고민하는 것 같았지. 77이 말할 때까지 카레와 짜장, 펀치 냥은 조용히 기다려 주었어.

"난 사실, 개 농장에서 탈출했어."

"헉!"

카레가 움찔했어. 짜장 탐정은 뭔가 확신하는 표정으로 77
을 바라보았지.

"개 농장이라고?"

펀치 냥이 놀라서 물었어.

"그래, 나는 개를 사고파는 사람들 때문에 새끼를 낳고 또
낳으며 살았어. 그곳은 정말 비참하기 이를 데 없었지. 그곳
에 있던 친구들도 나처럼 모두 뜬 장에서 살았어."

"뜬 장?"

펀치 냥이 처음 듣는 소리인 양 어리둥절한 표정을 지었어.

"응, 바닥이 땅에서 떨어져 있어서 뜬 장이라고 불러. 뜬 장
은 바닥까지 철조망으로 엮어 똥오줌이 그 사이로 떨어지도
록 만들어 놓은 곳이야. 아래가 뚫려 있는 철제 바닥이라 발
을 대고 오래 서 있기가 힘들고, 발바닥에 쇠로 인해 독이라
도 오르게 되면 염증이 심해져 고생을 하게 되지."

"세상에나. 그런 곳이라면 단 하루도 버티기 어려웠을 텐데."

카레가 고개를 절레절레 저으며 말했어.

"그뿐이 아니야. 어디서 가져왔는지 모를 음식 쓰레기가 먹을거리의 전부였어. 사람들이 먹다 버린, 썩은 내 진동하는 그것을 먹어야만 목숨을 이어 갈 수 있었지. 냄새에 민감한 우리로서는 너무나 힘든 일이었어."

"그건 동물 보호법과 음식물 폐기법을 한꺼번에 위반하는 심각한 문제야."

카레 변호사가 근심 어린 표정으로 말했어.

77이 힘들었던 지난날을 떠올리다 깊은 슬픔을 느꼈는지 잠깐 말을 멈추었어.

"……. 그곳에서 나는 기계처럼 새끼를 낳고 또 낳으며 살았어. 그런 꼬물이들이 하나둘 사라질 때마다 몸도 마음도 텅텅 비어 버렸지. 내가 뭘 하고 있는 건지 화가 나고 우울해서 도저히 참을 수가 없었어."

"정말 힘들었겠구나."

짜장이 슬픈 눈으로 말했어.

"그런데 뜬 장 안에 꼬물이들을 두고 나온 거야?"

펀치 냥이 대뜸 물었어. 짜장이 옆에서 펀치 냥의 옆구리를
쿡쿡 찔렀지. 눈치 없이 끼어들지 말라는 뜻이었어. 하지만
77은 오히려 펀치 냥의 질문에 빠르게 대답했어.

"응, 처음엔 어떻게든 탈출할 생각만 했거든. 그런데 탈출
하고 보니 꼬물이들이 걱정돼서 도저히 견딜 수가 없었어."

펀치 냥이 그것 보라는 듯 카레와 짜장에게 턱을 치켜올리
며 눈짓했어.

"그나저나 어떻게 농장을 탈출할 생각을 한 거야?"

카레의 질문에 77이 다시 고개를 아래로 떨구었어.

"그건 엄마와의 약속 때문이었어."

"엄마와의 약속?"

77은 눈을 감았어. 지난 몇 년간의 기억이 파노라마처럼 한
장면씩 펼쳐지고 있었지.

"엄마가 슬픈 표정으로 우리 형제들을 하나씩 내려다보는데 어린 내 눈에도 심상치 않아 보였어. 엄마는 나에게 뭔가 중요한 이야기를 하려고 입을 오물거렸지. 분명 뭐라고 말한 것 같은데……. 아무리 생각해도 기억나지 않았어. 엄마는 차가운 철장 바닥에 엎드린 채 움직이지 못했지. 나는 몸이 점점 차가워지는 엄마에게 온기를 전해 주려고 여기저기 몸을 핥아 주었어. 조금 있으면 엄마가 일어날 거라고 생각했지. 하지만 엄마는 신음 소리를 내면서 몇 번 몸을 뒤틀더니 그대로 축 늘어져 버렸어. 얼마 지나서 철장 안을 둘러보던 남자가 엄마를 우악스럽게 꺼내 세 발 달린 손수레에 그대로 던져 버렸지. 남자는 씩씩대면서 엄마를 어디론가 데리고 가 버렸어. 곧이어 꼬물꼬물 형제들도 하나둘 사라져 갔지. 나는 뜬장에 홀로 남아 엄마와 똑같이 슬픈 표정을 지으며 살아가게 되었어. 그러다 갑자기 엄마가 나에게 했던 말이 생각났어. 나는 그 말을 또렷이 기억해 냈고 날마다 입버릇처럼 달고 살았어."

힘들게 말을 마친 77이 고개를 들었어.

"엄마처럼 여기서 죽지 마. 살아서 도망가. 꼭 약속해! 엄마
는 그 말을 몇 번이나 반복했어."

77은 가까스로 울음을 참고 있었지. 그 모습을 안타깝게 바
라보던 카레가 말했어.

"그랬구나. 그런 거였구나."

"그러던 어느 날, 농장 남자가 내 꼬물이들을 꺼내 가려고
문을 연 틈에 나는 젖 먹던 힘을 다해 그 손을 콱 깨물어 버렸
지."

77이 탈출 장면을 떠올리며 목소리에 힘을 주었어.

"정말? 와하하하. 속이 다 시원하다."

짜장과 펀치 냥이 오른쪽 앞발로 하이파이브를 했어.

"철장에 한번 갇히면 죽어서야 나오게 된다던데 그런 곳을
탈출할 생각을 했다니 정말 목숨을 건 용기를 냈구나."

카레가 진심으로 77을 위로했어.

"그때 뜬 장 안에는 젖먹이 꼬물이들이 남아 있었지. 꼬물

이들 울부짖는 소리가 계속해서 들렸어. 그래도 나는 눈물을 머금고 앞을 향해 나아갔어. 엄마와의 약속을 지키기 위해서였지. 하지만 탈출한 후에 정신을 차리고 보니 꼬물이들을 도저히 그곳에 내버려 둘 수가 없는 거야. 다시 데리러 가고 싶었지만 체력이 너무 바닥난 상태라 꼬물이들을 구할 수가 없었어. 그래서 힘을 기르기 위해 어쩔 수 없이 닥치는 대로 이것저것 먹었어. 그러다 고양이 사료까지 입에 대고 만 거야."

"어휴, 그랬구나."

펀치 냥의 응답에 77은 고개를 천천히 끄덕였어.

"냥들 음식을 훔쳐 먹은 것에 대해서는 미안하게 생각해."

77이 머리를 숙여 사과했어.

"에잇, 그것 참, 그건 뭐라고 말하기 좀 그렇다."

짜장이 안쓰러운 듯 고개를 설레설레 흔들었어. 77이 어쩔 수 없는 상황이었다는 것을 모두가 충분히 이해했어. 77은 용맹한 진돗개 혈통이었지만 지금으로 봐서는 빼빼 마르고 볼썽사나운 개에 지나지 않았어. 먹은 것이 없으니 눈도 퀭하고 털도 윤기가 없을 수밖에. 그렇게 몸이 약한 상태로는 나쁜 사람에게 잡혀 식당으로 팔려 가거나, 다른 동물에게 공격당할 수도 있었어. 어떻게 보면 보호소 직원에게 구조된 것이 다행이라고나 할까. 살다 보면 다 좋은 일도 다 나쁜 일도 없는 것 같아. 뭐, 이해하기 어려운 말이기는 하지만 말이야.

카레와 짜장은 이야기를 듣는 동안 마음속으로 이미 77을 돕겠다는 결심을 하고 있었어.

"나는 말이야, 이 고통의 고리를 끊어야 한다고 생각해."

짜장 말에 카레가 턱을 쓰다듬으며 말했어.

"고통의 고리라."

"개를 돈 버는 수단으로 이용하면서 사육하고 번식시키는 나쁜 사람들 말이야."

"맞아. 이 문제는 반드시 바로잡아야 해."

카레가 정색을 하며 힘주어 대답했지. 어떻게 이 일을 해결해 나가야 할지 고민하는 것 같기도 했어. 77이 카레와 짜장을 바라보았어.

"이봐 냥들! 내가 이런 상황인데도 나한테 바라는 게 있나?"

77이 아직도 냥들을 못 믿겠다는 듯 경계의 눈빛을 보냈어.

"뭐? 그런 말이 어디 있어. 어려움에 처한 동물이라면 누구든 서로 도와야 하지. 특히 개와 고양이는 옛날부터 한집에서 사이좋게 지내는 형제 같은 사이였어."

짜장 대답에 77의 검고 얇은 입술이 일그러졌어. 짜장과는 다른 생각을 하는 것 같았지.

"내게 고양이는 그런 존재가 아니야."

77이 아랫입술을 깨물며 화난 표정을 지었어.

"그래? 그럼 너에게 고양이는 어떤 존재야?"

짜장은 둘러대지 않고 곧바로 물었어.

"너희들도 그 녀석과 똑같은 거 아냐?"

"그 녀석이라니?"

카레가 눈빛을 반짝이며 되물었어.

77 눈앞에 고양이 한 마리가 어른거렸어.

"농장 근처를 매일같이 어슬렁거리던 고양이가 있었어. 그 고양이 얼굴은 특이하게도 반은 까만색, 반은 노란색이었어. 코도 반은 까만색, 반은 노란색이었지. 입술은……."

77은 유리알같이 반짝이는 눈동자를 굴리며 말했어.

"아, 맞다! 입술도 반은 까만색, 반은 노란색. 그냥 반반 고양이라고 생각하면 돼. 한 번 보면 절대로 잊을 수 없는 그런 얼굴이었어."

'음, 산 아래에 산다는 괴짜 반반 고양이를 말하는 것 같군.'

짜장은 이야기를 들으며 확신에 차 있었어. 77이 곧바로 말을 이었지.

"바람이 몹시 불던 날이었어. 꼬물대던 어린 새끼 하나가 그만 뜬 장 밑으로 '툭' 떨어져 버렸어. 유난히 작고 힘이 없는 아이였지. 나는 뜬 장 밑으로 떨어져 버린 새끼를 애타게 불렀어. 아무리 불러도 대답이 없었지. 그걸 멀리서 지켜보던 반반 고양이가 휭~ 바람 소리를 내며 가까이 다가왔어. 내가 철장 앞에서 두 발을 모으고 도와 달라고 부탁했어. 새끼를 다시 안으로 넣어 달라고 말이야. 그런데 그 반반 고양이가 우는 소리인지 웃는 소리인지 분간이 안 가는 아주 소름 끼치는 소리를 내는 거야. 느낌이 좋지 않았지.

"이 아이는 죽은 목숨이야. 어쩔 수 없는 것은 받아들여야지."

"반반 고양이는 그렇게 차갑게 말을 내뱉고는 뒤도 돌아보지 않고 그냥 가 버렸어. 어이구, 불쌍한 내 새끼."

77은 목구멍 언저리가 뜨거워지는지 더 이상 말을 잇지 못했지.

"정말 기가 차는군. 도움을 청하는데 그렇게 매몰차게 대하다니."

카레의 말에 77이 애원하듯 매달렸어.

"나 좀 도와줘. 아직 내 새끼들이 뜬 장에 남아 있을지 몰라. 이제 더 이상 새끼들을 잃고 싶지 않아. 반드시 꼬물이들을 찾아야 해."

카레와 짜장이 걱정스러운 표정을 지었어. 꼬물이들이 어디에 있는지, 안전한 건지, 어서 빨리 확인해 봐야 해.

# 제보를 기다립니다

카레와 짜장은 한동안 말이 없었지. 뭔가 골똘히 생각하는 모양이었어. 짜장이 먼저 입을 뗐어.

"꼬물이들을 데리고 와야 마음이 놓일 것 같아."

"물론 그렇지. 하지만 이미 펫 샵에 팔아넘겼을 가능성도 있어."

"그러니까 빨리 움직여야지. 우선은 77이 머물렀던 그 농장으로 가 보자."

짜장은 역시 행동파야. 시간이 얼마 없다고 생각했나 봐. 카레는 꼬물이들을 찾는 일도 중요하지만 이 문제에 대해 책

임져야 할 사람을 법정에 세워 다시는 이런 일이 일어나지 않
도록 법의 심판을 받게 해야 한다고 생각했어. 하지만 꼬물이
들을 빨리 찾아야 한다는 짜장 말도 일리가 있으니 현장으로
어서 가 봐야 할 것 같았지. 사건을 해결할 준비로 바쁜 카레
와 짜장에게 펀치 냥이 슬그머니 다가왔어.

"저기 말이야. 나도 함께 가면 안 될까? 돕고 싶어서 그래."

카레와 짜장은 눈을 휘둥그레 뜨고 서로 쳐다보았어. 펀치
냥의 깜짝 제안에 잠시 얼떨떨했지만 금방 좋은 생각이라는
결론을 내렸어. 그렇잖아도 일이 밀려들어 도움이 절실히 필
요한 상황이었거든.

"카레 변호사! 어떻게 생각해?"

"음……. 옳은 일을 위해 함께 힘을 모으는 건 꼭 필요하다
고 생각해. 너는 어때?"

"나도 좋아. 둘보다 셋이 힘이 더 세지."

짜장이 눈을 찡긋했어.

"그럼 같이 가자!"

"좋아! 아주 좋아!"

카레와 짜장은 언제나처럼 한마음 한뜻이었어. 셋은 앞발 젤리를 모아 하이파이브를 했지.

"펀치 냥! 누군가를 돕는 일도 중요하지만 우리가 위험에 빠지는 건 절대 안 돼."

짜장이 말했어.

펀치 냥은 진지한 얼굴로 고개를 위아래로 끄덕였지.

"이번 일을 함께할 수 있어서 영광이야."

카레 인사에 펀치 냥의 가슴이 콩닥콩닥 뛰었어.

"고마워. 나도 최선을 다할게."

펀치 냥이 발그레하게 상기된 얼굴로 말했어.

"자, 그럼 시작해 볼까?"

"그래!"

"77이 살았다는 그 농장부터 찾아야 할 것 같은데 말이야."

카레와 짜장, 펀치 냥은 사건의 실마리를 찾기 위해 중지를 모았어. 잠깐! 중지는 세 번째 발가락을 말하는 게 아니고 생각을 모은다는 뜻이니까 오해하면 안 돼!

"그래, 먼저 77에게 물어보자."

카레와 짜장, 펀치 냥은 77이 있는 곳으로 우르르 몰려갔지. 77은 창문을 통해 보이는 파란 하늘을 쳐다보고 있었어. 무슨 생각을 하고 있는 걸까. 꼬물이들 생각일까? 짜장이 침묵을 깨뜨리며 말했어.

"이봐, 우리가 네가 살았던 그 농장으로 가서 꼬물이들을 찾아보려고 해."

77이 고개를 획 돌리며 놀란 눈으로 쳐다보았어.

"뭐라고? 진짜?"

"그래. 그러려면 네가 있었던 그 농장을 찾아내야 해. 혹시 탈출하면서 보았던 건물이나 눈에 띄는 물건, 아니면 위치를 알려 주는 도로 표지판 같은 거 기억나는 거 있어?"

77은 야옹이들의 질문을 들으며 벅찬 감정을 느꼈어. 도움을 받는 것도 엄청난 기쁨이라는 생각이 들었지.

"정말 고마워."

간신히 대답한 목소리가 떨리고 있었어. 카레와 짜장은 멋쩍어서 손사래를 쳤어. 서로 돕는다는 건 지극히 당연한 거잖아. 생명이 생명을 돕지 않는다면 그건 정말 있을 수 없는 일이야. 암 그렇고 말고!

77은 농장이 있던 곳을 기억해 내려 안간힘을 쓰고 있었어.

"그래, 농장은 산 중턱에 있어. 산등성이가 한눈에 다 들어왔거든. 뜬 장 안에서 보았던 커다란 나무도 참 특이했어. 햇볕이 강해서 그랬는지 모르지만 나무껍질이 얇은 종잇장처럼 너덜너덜 벗겨져 있었어. 봄이 되면 그 나무에 긴 꼬리 같이 생긴 노란 꽃이 피었던 걸 기억해. 가끔 불어오는 바람에 아카시아 냄새도 향긋했고."

"종잇장처럼 너덜너덜한 나무라. 그게 무슨 나무지?"

짜장이 고개를 갸우뚱하며 말했어.

"음. 잠깐, 나무 사전을 좀 봐야겠어."

펀치 낭은 젤리에 침을 묻혀 가며 두꺼운 사전을 이리저리 훑었어. 카레는 호기심 어린 눈으로 77을 바라보았지. 계속

이야기를 해 달라는 부탁이었어.

"그렇게 한참 내려오니까 커다란 도로가 나왔어. 하늘 높이 솟아 있는 네모 집들도 많았고."

"네모 집? 그건 뭐지?"

짜장 질문에 카레가 대답했어.

"혹시 아파트 아닐까?"

옆에서 조용히 듣고 있던 펀치 냥이 무릎을 탁 치며 말했어.

"맞네, 맞아. 네모 집이라는 건 아파트가 맞는 것 같아. 진짜 참신한 표현인걸."

짜장이 옆에서 환하게 웃었어.

"산 가까이에 있는 아파트라. 흠. 정보를 좀 더 모아야 할 것 같아."

카레가 말했어.

"이거 아냐? 나무껍질이 얇은 종잇장처럼 너덜너덜하다는 그 나무 말이야."

펀치 냥이 털이 보송보송한 앞발로 나무 사진을 쿡쿡 눌러 댔어.

"어디? 어! 이름이 물박달나무다. 사진도 있어."

카레와 짜장 목소리가 높아졌어. 77에게도 나무 사진을 보여 주었지.

"아, 바로 그 나무야. 내가 뜬 창에서 매일 바라보았던 나무!"

"그럼 이 나무가 자라고 있는 곳을 조사하면 농장이 있는 곳을 찾는데 도움이 되겠다."

카레와 짜장, 펀치 냥은 중요한 단서를 찾았다는 생각에 가슴이 뿌듯했지. 카레가 흥분한 채 목소리를 높였어.

"냥냥 네트워크랑 SNS도 활용해 보자. 아마 댓글이 폭풍처럼 붙을 거야."

"오 좋은 생각인걸. 역시 카레는 똑 소리가 난다니깐. 훗!"

"뭐 그 정도로."

펀치 냥이 칭찬하자 카레가 쑥스러운 표정을 지었어.

"전단지를 만들어 붙이고 동네 냥들에게 탐문도 해 보자."

펀치 냥이 갑자기 눈을 반짝이며 재빠르게 책상으로 다가갔어. 카레와 짜장은 펀치 냥이 뭘 하는지 궁금해서 쳐다보았어. 펀치 냥이 얼른 오른쪽 첫 번째 서랍을 열더니 서류 뭉치 하나를 꺼내 드는 거야. 짜장이 고개를 앞으로 쭉 빼면서 말했지.

"그건 전단지잖아? 그런데 왜 이리 많아?"

카레가 다가가 전단지 뭉치를 들더니 하나씩 읽어 내려갔어.

"돌돌 말아 호로록 국수, 밥도둑 뚜껑 게장, 노릇노릇 화덕 생선구이, 항아리 숙성 생선가스, 먹다 놀란 꿀 떡볶이, 생크림 생선 도너츠……. 뭐야, 이거 순전히 먹을거리네? 보기만 해도 입맛이 착착 도는걸. 하하."

펀치 냥도 카레에게 전단지를 건네받으며 멋쩍게 웃었어.

"우리가 만들려는 전단지도 이렇게 눈에 확 띄어야 한다는 거지. 험험."

카레와 짜장은 앞발로 입을 가리고 킥킥 웃었어. 펀치 냥은 아무래도 맛있는 것을 좋아하는 미식가가 분명해.

"이참에 전단지는 펀치 냥이 맡아서 만들어 보는 게 어떨까?"

"그래, 이렇게 전단지에 관심이 많은 걸 보면 분명 잘 만들 수 있을 것 같아."

카레와 짜장의 제안에 펀치 냥은 신바람이 나는지 진짜로 얼마 지나지 않아 전단지를 뚝딱 완성했어. 음식 전단지를 많이 봐서 그런지 금세 만들었네. 그런데 전단지를 보던 카레와 짜장이 화들짝 놀랐어. 글쎄 전단지 중앙에 콩고기가 곁들여진 파스타 사진이 떡하니 올라와 있는 거야. 아휴, 카레와 짜장은 펀치 냥에게 한 마디 했어. 왜냐고? 당연히 이건 음식 전단지가 아니니까 음식 사진은 빼야 한다는 거였지. 카레와 짜장, 펀치 냥은 서로의 의견을 조율한 뒤 음식 사진을 뺀 아주 깔끔한 전단지를 완성했어.

셋은 이 전단지를 들고 부리나케 동네방네 뛰어다녔어. 벽에 붙일 때마다 동물들이 다가와 특별한 관심을 보였지. 이제 전단지를 본 동물들이 합동 사무소로 연락을 할 거야. 어서 돌아가서 기다려 보자고.

카레와 짜장은 합동 사무소로 달려갔어. 역시나 사무소 안에서 전화벨이 신나게 울려 대고 있었지. 카레는 책상으로 달려가 얼른 전화를 받았어.

"지난번에 소풍을 간 곳에 공장이 하나 있었는데 온갖 동물들 인형을 만드는 곳이었어."

"아, 그럼 그곳은 인형 공장이란 말이지?"

"흠, 그렇지. 도움이 될지 모르겠네."

"아무튼 고마워."

전화를 끊은 카레가 아쉬운 표정을 지었어. 짜장은 컴퓨터 앞에 앉아 동물 연대 네트워크와 냥스타그램에 77의 사연을 부지런히 올리고 있었지.

## 여러분의 소중한 제보를 기다립니다

물박달나무가 있고 아카시아 향기가 진하게 풍기는 개 농장을 찾습니다. 위치를 아시는 분은 카레와 짜장 합동 사무소로 연락해 주시면 사례하겠습니다.

▶ 사례 신선한 채식 뷔페 3달 이용권, 무료 법률 자문 3회
▶ 전화번호 영땡구-콩콩둘셋-헛둘헛둘
▶ 이메일 카레&짜장@합동닷컴

얼마 지나지 않아 댓글이 하나둘 달리기 시작했어.

🐻 **냥냥이** 미룡산 근처에 개 농장이 있다는 소리를 들었다옹.

🐻 **다알아** 동구 밖 과수원 길에도 강아지 공장이 있다냥. 그런데 산이 아니라 그냥 평지던데.

🐻 **냥이공주** 강아지 공장에서 개들이 새끼를 낳고 또 낳고 엄청 힘들게 산다는 소문을 들었어. 어쩐다냥.

**개냥이** 난 서리강 주변에 사는데 여기도 공장이 많이 있어. 굴뚝에서 연기도 나던데. 댕댕이 사료 만드는 공장이라고 했던 것 같기도 하고.

**진실냥** 여긴 깊은 산속 옹달샘인데 한참 내려가면 차들이 다니는 길가가 나오고 아파트도 꽤 많다냥.

**신나냥** 우리 동네 방송국 앞에 동물 농장이라는 팻말이 있는걸 내가 확실히 봤다옹.

**야옹야옹** 검돌산에도 농장들이 많아. 그런데 거기는 버섯 농장같아. 도움이 못 되어 미안 쏼!

댓글을 읽어 내려가던 짜장의 초록색 눈동자와 카레의 호박색 눈동자가 불빛을 받아 깜빡거리고 있었지. 고양이들은 기분이 좋으면 눈을 깜빡거리는 습관이 있다는데 아마도 지금이 그때인가 봐. 댓글 중에는 도움이 되는 것도 있고 그렇지 않은 것도 있었지만 시간을 내서 댓글을 달아 준 동물들에게 고마운 마음이 가득했어. 관심을 주는 것 자체가 큰 의미가 있는 거잖아.

셋은 중요한 정보가 들어 있는 댓글을 생선 살 바르듯 소중히 골라냈어. 그러고는 책상 위에 커다란 지도를 활짝 펼쳐 놓았지.

"여기인가?"

"아니, 거기보다 안으로 더 들어가야 할 것 같아. 산 안쪽으로."

"그럼 저기인가?"

"음, 그래. 거기, 그쯤 되는 것 같아."

"그곳에 물박달나무가 있는지 확인해 봐야 할 것 같은데."

"그렇지. 아카시아나무도 있는지 조사해 봐야 해."

셋은 머리를 맞대고 도란도란 이야기를 나누었어.

"식물도감만 봐서는 농장이 있을 만한 곳이 어디인지 알 수가 없네. 누구에게 물어봐야 확실할 것 같은데?"

편치 냥이 도감을 들여다보면서 난처한 듯 말했어.

"그야, 그곳을 자주 다니는 친구에게 물어보면 되지."

짜장이 자신 있게 대답했어.

"으응? 그런 친구가 어디에 있어?"

펀치 냥이 고개를 갸웃거리며 물었어.

"흠……. 역시나 내 정보통에게 물어봐야겠군."

"뭐야? 짜장, 너 정보통도 있었어?"

펀치 냥이 놀라운 표정으로 물었어.

"당연하지. 정보통 없이 일하는 탐정이 어디 있어."

"정보통이 누군데?"

"수제비."

"쫄깃쫄깃한 감자 옹심이가 들어간 그 수제비 말이야? 그거 진짜 맛있는데."

"엉? 지금 뭘 생각하는 거야? 그냥 제비라고. 제비! 진짜 날 아다니는 새 말이야."

짜장이 앞발을 좌우로 벌려 위아래로 흔들면서 새가 날아 가는 자세를 취했어.

"응? 흥부 놀부에 나오는 그 제비 말이야? 그럼 앞에 붙은

'수'는 성씨를 말하는 건가?"

"아이고, 새가 성씨가 어디 있어."

짜장이 말도 안 된다며 앞발로 손사래를 쳤어.

"아니, 그럼 왜 수제비야?"

펀치 냥이 궁금하다는 듯 짜장에게 목소리를 높여 물었어.

"쉿! 조용히……. 그야, 신분을 숨겨야 하니까 그렇지. 비밀 정보통인데 남들에게 알려지면 곤란하잖아."

짜장이 목소리를 낮추며 말했어.

"푸핫, 그렇구나. 그럼 수제비는 어떻게 알게 된 거야?"

펀치 냥이 웃으며 입을 가리고 속삭이듯 물었어.

"내가 작년에 수제비에게 비상약을 주어 다친 곳을 치료할 수 있게 도와줬거든."

"오, 그러면 강남 갔던 제비가 다시 돌아와서 은혜를 갚느라고 정보통을 해 주는 거구나."

짜장이 그렇다는 듯 고개를 살살 끄덕이자 펀치 냥은 양쪽 앞발을 가슴 위로 한데 모아 존경을 표했어.

"뭘, 그 정도 가지고 그래."

짜장은 어깨를 으쓱으쓱했지. 둘을 지켜보던 카레가 웃으며 짜장을 재촉했어.

"그럼 어서 수제비에게 연락해 봐."

"그래, 조금만 기다려. 알아보고 올 테니 말이야."

짜장은 합동 사무소 밖으로 나가더니 야옹 휘파람을 크게 휘휘 불었어.

파닥, 파닥, 파드닥.

금세 날갯짓 소리가 들렸지. 펀치 냥은 짜장과 정보통 수제비가 은밀하게 만나는 것을 사무소 기둥 뒤에 숨어서 바라보았어. 펀치 냥의 눈이 반짝반짝 빛났지.

수제비는 짜장과 한참 이야기를 나누더니 하늘로 슈웅 힘차게 날아올랐어. 분명 나무를 조사하러 가는 걸 거야. 펀치 냥은 짜장 옆에 바짝 붙어 정보통에 대해 이것저것 물어보며 신기해했어.

한참 뒤 수제비가 돌아왔어. 뭔가를 입에 물고서 말이야.

그게 뭘까?

카레와 짜장, 펀치 냥이 자세히 들여다보았어. 그건 바로 나뭇잎이었어. 펀치 냥은 식물도감에 나와 있는 사진과 물어 온 나뭇잎을 비교해 보았어.

"물박달나무 잎사귀야."

"흠, 정말이네. 이제 진짜로 확실해졌어."

"됐다. 당장 꼬물이들을 찾으러 가자."

카레와 짜장, 펀치 냥이 모은 정보와 수제비가 물어 온 나무 잎사귀를 통해 77이 살았다는 농장의 위치를 어느 정도 파악할 수 있었어. 바로 물박달나무가 군집하고 있는 미룡산 중턱이었지. 미룡산 초입에는 무허가 집들이 있고 아래로는 큰 도로와 아파트가 즐비해 있었어. 산 중턱에 개 농장이 있다는 사실도 댓글을 통해 한 번 더 확인할 수 있었어.

이제 출동할 시간이야. 짜장과 카레는 출동을 위해 몸을 풀고 있었지.

"하나 둘, 하나 둘"

기합을 넣어 가며 머리, 어깨, 무릎, 앞발, 뒷발, 허리까지 고루고루 움직였어. 무슨 일이 생길지 알 수 없으니 준비를 단단히 해야 해. 펀치 냥도 언제 챙겨 왔는지 배가 올록볼록한 가방을 어깨에 둘러메고 있었어.

"으응? 가방 안에 뭐가 든 거야?"

짜장이 눈을 동그랗게 떴어.

"어, 나중에 보면 알아."

펀치 냥 대답에 짜장은 너무나 궁금해졌지. 누가 탐정 아니랄까 봐 말이야. 하지만 남의 가방을 함부로 뒤져 볼 수는 없는 노릇이니 어쩌겠어. 가만히 기다리는 수밖에.

77은 출동 준비를 하고 있는 카레와 짜장, 펀치 냥에게 미안한 마음이 들었는지 한 마디 했어.

"그 농장을 운영하는 남자가 있는데 잘못 걸리면 목숨이 위태로울 수 있어. 인정사정 보지 않는 사람이거든. 덩치가 워낙 커서 우리는 그 사람을 덩치라고 불러. 산 입구에서 왼쪽으로 돌아가야 농장이 나오고 여기저기 덫들이 있으니 조심

해야 해. 들개나 고라니, 다람쥐 같은 동물들이 잡히는 것을
종종 봤어."

카레와 짜장, 펀치 냥은 마음을 단단히 먹고 77을 향해 고
개를 힘차게 끄덕였어.

# 꼬물이들을 찾아라

저 멀리 개 짖는 소리가 들리네. 농장에 가까이 다가가고 있다는 증거야. 개들의 울부짖음은 배가 고픈 것 같기도 하고 어디가 아픈 것 같기도 한 무시무시한 아우성이었지. 동네에서 멀지 않은 곳에 이런 끔찍한 일이 벌어지는 곳이 있다니 정말 놀라울 따름이었어.

농장 주위로 가까이 가자 코를 막아야 할 만큼 고약한 냄새가 났어. 77에게서 나던 바로 그 냄새였어. 음식 썩는 냄새와 똥 냄새가 뒤섞여 도저히 견딜 수가 없었지. 이런 곳에 누군가 살고 있다니 도무지 믿어지지 않았어.

카레와 짜장, 펀치 냥은 낮은 포복으로 농장 쪽으로 살금살금 기어갔어. 세 고양이는 농장 안을 살펴보다가 너무 놀란 나머지 그만 돌처럼 딱딱하게 굳어 버렸지. 눈앞에 펼쳐진 참혹한 상황에 차마 할 말을 잃어버렸거든.

먼지와 오물이 가득 쌓인 뜬 장은 제대로 앉을 수도 누울 수도 없을 만큼 비좁았고 아직 눈도 뜨지 못한 강아지들이 어미 개와 함께 그곳에 방치되어 있었지.

화가 머리끝까지 나서 다리가 부들부들 떨렸어. 세 고양이는 한숨만 폭폭 내쉬었지. 무거운 침묵을 깬 건 역시 행동파 짜장이었어.

"지금은 어서 꼬물이들을 찾아야 해."

카레와 펀치가 눈에 힘을 주면서 고개를 끄덕였어. 여기저기 인기척을 살피던 짜장이 농장을 둘러싼 담장으로 훌쩍 뛰어올랐지. 카레와 펀치도 그 뒤를 바짝 따랐어.

"덩치가 오는지 망을 잘 봐야 해."

카레와 짜장이 펀치에게 망 보기를 부탁했어.

셋은 각자 계획대로 움직였어. 수십 개의 철장 속에서 수백 마리의 개들이 동시에 짖어 대고 있었지. 모두 뜬 장 속에 갇힌 개들이었어.

"이봐 검은 고양이, 어디에서 왔나?"

"제발 먹을 것 좀 줘. 배가 너무 고파."

"아파 죽겠어. 나 좀 살려 줘."

개들은 짜장에게 하고 싶은 말을 마구 던졌어. 짜장은 미안한 마음이 들었지. 꼬물이들을 찾느라 대답해 줄 겨를이 없었거든. 간신히 조용해진 틈을 타 짜장이 철장 속 개에게 물었어.

"저기 말이야, 며칠 전에 탈출한 진돗개의 꼬물이들이 어디 있는지 알아?"

"아……. 그 꼬물이들은 바로 어제 이곳을 떠났어."

그중 나이가 있어 보이는 댕댕이가 말했어.

"아뿔싸, 한발 늦었다."

짜장이 안타까워서 발을 동동 굴렀어.

"그 아이들을 왜 찾는 거지?"

댕댕이가 의심스러운 눈초리로 짜장을 쳐다보았어.

"사실은 어미 개가 꼬물이들을 찾고 있어. 우리는 도와주려고 이곳에 온 거고."

"뭐라고? 정말이야? 그럼, 탈출에 성공했다는 거구나. 하, 살았구나. 살았어."

댕댕이가 감격스러운 표정을 지으며 잘되었다는 듯 고개를 크게 끄덕였어. 77이 안전한 곳에 있으니 짜장도 다행이라고 생각했지.

펀치 냥은 담장 위에서 망을 보고 있었어. 짜장과 카레가 움직이는 동안 누군가 나타날지 모르니까 아주 조심해야 해. 엇! 아니나 달라. 검은 연기를 내뿜으며 낡은 트럭 한 대가 멀리서 달려오고 있었어. 이쪽을 향해 무지막지 다가오는 걸 보니 덩치가 맞는 것 같아. 트럭이 농장 마당 한가운데로 들어섰어. 엄청나게 짖어 대던 개들이 한순간에 조용해졌어.

'어라, 뭔가 이상한데?'

짜장은 위험한 상황이 벌어지고 있다는 것을 눈치챘어. 뒤통수가 서늘해지고 등줄기에 소름이 오소소 돋았거든. 짜장은 천천히 뒤로 돌아섰어.

"픽."

"으아악."

덩치가 소리를 지르며 앞으로 고꾸라졌어. 짜장은 쓰러진 덩치 뒤로 펀치 냥이 멀쩡히 서 있는 것을 보았어. 앞발에는 빨갛고 둥근 글러브를 끼고 말이야. 아하하, 그래, 그래. 이제야 알겠어. 펀치 냥 가방 안에 있던 올록볼록한 것, 그건 바로 권투 글러브였어. 펀치 냥이 짜장을 공격하려는 덩치를 보고 바람같이 달려와 강력한 냥냥 펀치를 날렸던 거지. 아이고, 세상에나. 펀치 냥이 아니었다면 짜장은 저승사자를 만났을지도 모를 일이었어. 어쩐지 어젯밤 꿈이 예사롭지 않다고 투덜거리더니 조금만 늦었어도 큰일이 날 뻔했네. 짜장은 안도의 한숨을 크게 내쉬었지.

나 원, 사건 하나 처리할 때마다 이렇게 목숨이 왔다 갔다

하니 어떨 때는 심장이 충격받지 않을까 걱정이 된다니깐. 험험!

그사이 땅바닥에 쓰러졌던 덩치가 얼굴이 벌게져서 벌떡 일어났어.

"으아아악! 이놈의 고양이들. 가만두지 않겠어."

덩치가 고래고래 소리를 지르자 개들이 사납게 짖어 댔어.

"어서 도망가! 컹컹."

짜장과 펀치는 '나 살려라!' 하고 야옹거리면서 나무가 우거진 쪽으로 잽싸게 달렸지. 어서 빨리 안전한 곳으로 피해야 해.

그나저나 카레는 어디에 있는 걸까? 그래, 맞아. 카레도 가만히 있지 않았지. 짜장이 뜬 장에서 꼬물이들을 찾는 동안 카레는 덩치 사무실로 갔어. 다행히 창문이 열려 있어 안으로 들어갈 수 있었지. 카레는 덩치의 지저분한 책상과 서랍을 살펴보다 꼬물이들을 대량으로 사고파는 펫 샵 명함을 찾아냈어. 위험을 무릅쓰고 찾아낸 아주 중요한 정보였지. 카레

가 명함을 가슴팍에 숨기고 사무실 창문틀에 올라서던 순간,
짜장과 펀치가 잎사귀가 무성한 수풀 속으로 아슬아슬하게
몸을 내던지는 것을 보았어. 여차했다가는 덩치에게 잡힐지
도 모르는 아주 위험천만한 상황이었지. 카레는 초긴장 상태
로 짜장과 펀치 냥이 숨어 있는 수풀로 살금살금 숨어들었어.
카레는 바닥으로 몸을 납작 붙인 채 조심조심 다가갔어. 펀치
냥은 수풀 사이로 번쩍이는 호박색 눈동자를 보았어.

"끽! 호, 호랑이."

펀치 냥이 놀라서 말을 더듬자 카레가 얼굴을 쏙 드러냈어.

"나야, 나. 야옹."

"우리가 여기 숨어 있는 줄 어떻게 알았어?"

짜장이 놀란 듯 반갑게 물어보자 카레가 대답했지.

"하하, 너희는 항상 내 발바닥 안에 있지."

카레와 짜장, 펀치 냥은 함께 웃으려다가 그대로 멈춰 버
렸어.

"끽!"

누가 먼저랄 것도 없이 앞발로 입을 틀어막았지. 숨도 쉬지 말아야 해. 왜냐고? 덩치가 수풀 바로 앞에 와서 눈을 부라리며 서성이고 있었거든. 여기서 걸리면 완전 끝장이야. 그런데 오늘따라 바람이 많이 부네. 무성한 잎사귀가 바람결에 이리 휩쓸리고 저리 휩쓸렸어. 바람을 타고 냥이 털도 덩달아 춤을 추었지. 야옹이 세 마리는 자기 수염을 분홍 젤리로 꼭 눌렀어. 혹시라도 바르르 수염 떨리는 소리에 발각되면 큰일이잖아.

덩치는 투덜거리며 수풀 사이를 기웃댔지만 꼭꼭 숨은 야옹이들을 찾아내지 못했지. 덩치는 식식거리며 농장으로 되돌아갔어.

"휴, 살았다. 살았어."

펀치 냥이 모기 같이 작은 목소리로 말했어. 짜장과 카레도 다행이라는 듯 고개를 위아래로 살살 끄덕였지. 농장으로 돌아온 덩치는 생각할수록 부아가 나서 도저히 참을 수가 없었어. 그래서 발에 걸리는 대로 걷어찼어. 바로 그때였어.

"으악!"

뜬 장 모서리에 뾰족한 부분이 발등을 날카롭게 스치고 지나갔지. 아이고, 어쩌나. 덩치가 두 손으로 오른발을 감싸고 그 자리에 주저앉아 버렸어. 뜬 장 안에 있던 개가 컹컹 짖었어. 뭐라고 했냐고?

"쌤통이다. 쌤통. 컹컹!"

다른 댕댕이들도 그 소리를 듣고 사방에서 짖어 댔어. 가슴에 맺힌 일이 아주 많았나 봐. 덩치는 개들이 마구 짖어 대자 기분이 더 나빠졌는지 뜬 장 속 댕댕이들에게 화풀이를 했어.

"야, 너희들 모두 잘 들어. 내가 이번 일을 그냥 넘어갈 거라고 생각하지 마. 니들 모두 작당한 거 내가 모를 줄 알아? 오늘 밥은 굶어. 안 줄 거야. 암, 안 주고 말고."

컹컹, 컹컹.

나이 먹은 댕댕이가 맹렬히 짖어 댔어. 치사하고 나쁜 놈이라고 말이지.

다음 날, 카레와 짜장은 합동 사무소로 아침 일찍 출근했어. 덩치 사무실에서 찾은 명함으로 펫 샵의 위치를 알아내기 위해서였지.

　"띠리냥냥, 또로냥냥~ 띠리또로냥냥."

　전화벨 소리가 다급하게 들렸어. 카레가 전화를 받았지. 펀치 냥이었어.

　"냥냥~ 지금 급한 사건이 생겨서 곧바로 출동하게 됐어. 아무래도 꼬물이들을 찾으러 둘이 다녀와야 할 것 같아. 함께 가지 못해 미안해. 있다 보자. 아, 참참! 77이 급하게 할 말이 있다고 꼭 전해 달래."

　펀치 냥이 바쁘다면서 먼저 전화를 끊었어. 짜장과 카레는 펀치 냥이 함께하지 못한다는 말에 조금 걱정이 되었지.

　"꼬물이가 셋이라고 하던데 운 좋게 찾는다 하더라도 어떻게 둘이서 셋을 데려오지?"

　"그러게 말이야. 아무리 꼬물이라 하더라도 한 번에 둘을 데리고 나오기는 어렵지."

카레와 짜장은 참으로 난감했어.

"어쩌지?"

"흠, 아무튼 77이 급하게 할 말이 있다고 하니 어서 가 보자."

카레와 짜장은 보호소를 향해 바람처럼 달려갔어.

"77! 무슨 일이야?"

"저기, 내가 부탁이 있는데 말이야."

77이 초조한 얼굴로 뜸을 들이더니 갑자기 단호하게 말했어.

"나도 갈게. 사실 내 꼬물이들은 나만 알아볼 수 있을 거야."

카레와 짜장은 서로 눈치를 보았어. 하긴, 그 말이 맞기는 하지. 냥들에게 꼬물이는 다 비슷비슷해 보였거든.

"음, 그렇잖아도 펀치 냥이 같이 가지 못한다고 해서 걱정하던 참이었는데."

카레가 말했어.

"정말?"

77의 표정이 밝아졌어.

"잘됐다. 어서 가 보자. 펫 샵 거리에 진돗개가 많이 있다는 정보가 들어왔어."

짜장도 흔쾌히 대답했지. 77은 발바닥 염증이 낫지 않아 많이 아픈 상태였지만 꼬물이들을 찾기 위해서는 한시가 급했어. 카레와 짜장은 77과 함께 꼬물이들을 찾기 위해 보호소를 나섰지. 그나마 펫 샵 거리가 멀지 않아 금방 도착할 수 있었어.

"아무리 봐도 없어."

펫 샵 거리를 분주하게 돌아다니던 77이 맥이 빠진 채 말했어.

"어쩌지?"

카레와 짜장도 낙담했어. 아아, 꼬물이들은 대체 어디로 간 걸까? 이제 어떻게 해야 할까? 고민에 고민을 더하던 찰나, 어디선가 작고 낮은 옹알거림이 들렸어.

왕왕~ 왕왕.

골목 끝에서 강아지들이 짖어 대는 소리였어. 한두 마리가
아니고 여러 마리 되는 것 같았지. 짜장과 카레는 소리 나는
쪽으로 살금살금 다가갔어. 세상에나. 좁은 골목 후미진 곳에
아주 허름한 가게가 하나 더 있는 거야. 77은 한 발짝씩 천천
히 다가가 코를 실룩거렸어. 그곳에 자기 꼬물이들이 있는지
확인하는 것 같았지.

"헙! 내 꼬물이들. 컹!"

77은 뒷발에 힘을 주고 펄쩍 일어서서 가게 플라스틱 진열
장을 앞발로 세차게 긁어 댔어.

타닥타닥 타다닥.

진열장 맨 마지막 칸에 그리도 애타게 찾아 헤매던 꼬물이
들이 옹기종기 모여 왕왕왕 짖어 대고 있었거든. 어디서 그런
힘이 솟았는지 놀라울 따름이었지. 꼬물이들도 금세 제 어미
를 알아보았는지 진열장 안에서 난리법석이 났어. 꼬물이들
은 그새 많이 자란 것 같았지. 77은 꼬물이들을 만났다는 사

실에 너무나 감격하고 있었어. 눈물이 끝없이 흘러내려 앞이 제대로 보이지 않았지. 77은 플라스틱 진열장을 발로 긁는 것을 멈추지 않았어. 염증이 심한 발바닥에서 선홍색 피가 흘러내렸어. 77은 발바닥이 아픈 줄도 모르고 계속해서 진열장을 긁어 댔지. 짜장과 카레는 안타까웠어. 진열장 안에 있는 꼬물이들을 어떻게든 구해 내야 해. 그러던 순간 짜장 머릿속에 뭔가 딱! 하고 떠올랐지. 그래, 맞아, 바로 펀치 냥의 핵 주먹이었어.

"내가 얼른 펀치 냥을 데리고 올 테니 여기서 조금만 기다려 줘."

카레가 고개를 끄덕였지. 짜장은 꼬물이들을 반드시 되찾고 말겠다는 비장한 마음으로 보호소를 향해 서둘러 달려갔어. 펀치 냥이 출동을 마치고 보호소에 돌아와 있기를 바라면서 말이야.


카레는 전봇대 뒤에서 77을 진정시키며 망을 보고 있었어.

그런데 저 멀리서 두런두런 사람 목소리가 들리더니 젊은 남녀 한 쌍이 꼬물이들이 있는 가게로 한 발 한 발 다가오는 거야. 젊은 남녀는 우리 꼬물이들이 귀엽다며 손가락으로 진열장을 톡톡 건드렸어. 아기들이 스트레스 받으니 건들지 말라고 쓰여 있는데도 말이야. 카레와 77은 소스라치게 놀라 심장이 두 근 반 세 근 반 쾅쾅 뛰었지. 헉! 이러다가 꼬물이들을 데려가 버리기라도 하면

어떡해. 그때였어. 77의 눈이 이글이글 불타올랐어. 77은 그대로 사람들을 향해 달려 나가 매섭게 커엉, 컹 짖어 댔어. 젊은 남녀는 무섭게 짖어 대는 77을 보고는 기절초풍하면서 골목 밖으로 뛰쳐나갔어. 요란한 소리에 가게 주인이 밖으로 잠시 나왔지만 아무런 눈치도 채지 못했지. 이미 상황은 끝난 뒤였으니까.

전봇대 뒤에 숨어 있던 77은 가게 주인이 다시 안으로 들어가자 진열장 앞으로 달려가 애끓는 표정으로 꼬물이들을 찬찬히 바라보았어.

"꼬물이들아, 조금만 기다려. 컹컹!"

그 광경을 보고 있던 카레도 코가 시큰시큰하고 마음이 아려 왔지. 어서 빨리 꼬물이들을 데리고 이곳을 벗어나야 해.

하늘이 도왔는지 가게 주인이 잠시 화장실에 가려고 자리를 비웠어. 펀치 냥과 짜장도 기가 막힌 타이밍에 꼬물이들이 있는 곳에 가까스로 도착했지. 잠시 숨을 가다듬은 펀치 냥과 짜장은 카레, 77과 의미심장한 눈빛을 주고받은 뒤 가게 안으로 미끄러지듯 뛰어 들어갔어. 꼬물이들이 있는 진열장 앞에 펀치 냥은 잠시 동안 서 있었지. 꼬물이들을 단숨에 구하겠다는 각오를 다지는 것 같았어. 펀치 냥은 아랫입술을 콱 깨물고 핵 주먹을 들어 올렸지. 한 바퀴 두 바퀴 세 바퀴, 주먹을 휙휙 돌리는 소리가 났어.

와장창!

진열장 문이 깨지는 소리가 천둥소리보다 더 크게 들렸어. 펀치 냥이 아주 시원하게 한 방 날려 버린 거야. 화장실에서 나오다 큰 소리에 깜짝 놀란 가게 주인이 황급히 가게로 뛰어 들어갔지만 이미 바람처럼 모두가 사라진 뒤였어.

귀여운 꼬물이들이 77을 따라 엉덩이를 쫄랑거리며 보호소로 들어가고 있어. 카레와 짜장, 펀치 냥은 그제야 긴장이 풀렸는지 그 자리에 털썩 주저앉고 말았지. 몸은 녹초가 되었지만 그래도 꼬물이들을 찾게 된 것이 얼마나 다행인지 몰라. 휴!

# 출두서를 보내다

부드러운 햇살이 보호소 창문을 가득 채우고 있었어. 77은 눈에 넣어도 아프지 않을 꼬물이들을 쉴 새 없이 핥아 주고 있었지. 카레와 짜장, 펀치 냥은 그 모습을 보면서 보람을 느꼈어. 카레와 짜장도 알고 있었어. 77에게 새로운 삶이 열리고 있다는 것을 말이야.

짜장이 뜬금없이 카레에게 요란한 몸짓 신호를 보냈어. 카레가 방울 같은 두 눈을 동그랗게 떴지. 잠시 침묵이 흐르고 느닷없이 웃음소리가 났어.

"푸핫."

짜장의 우스꽝스러운 몸짓을 보고 있던 77이 아주 시원하게 웃어 버린 거야. 77은 처음으로 소리 내어 웃고 있었어. 어이없어 하던 카레도 함께 웃음 폭탄이 터져 버렸지.

"푸하하하, 무슨 신호를 그렇게 요란하게 하는 거야. 누가 보면 야구 감독인 줄 알겠어."

"뭐? 이거, 이래 봬도 꽤나 신경 쓴 신호라고. 봐. 오른 눈 찔끔. 왼쪽 눈 슬쩍. 앞발로 수염 세 번 쓸고. 킹콩처럼 가슴 두 번 쾅쾅 두드리고."

"하하하."

짜장이 힘든 일을 겪어 온 77을 위로하려고 장난을 친 거야. 똑똑한 진돗개 77도 카레와 짜장의 진심을 제대로 이해하고 있었지. 자신과 꼬물이들을 위해 위험도 마다하지 않고 함께해 준 의리 넘치는 야옹이들에게 진심으로 고마움을 느끼고 있었어. 하지만 77에게는 아직 해결해야 할 숙제가 남아 있었지. 그게 뭐냐고? 덩치를 동물 법정에 세워서 잘못된 것을 바로잡기로 마음먹은 거야. 농장에 갇혀 있는 소중한 친구들을 구하기 위해 아주 큰 결심을 하게 된 거지. 무서운 덩치를 다시 봐야 한다는 사실은 너무나 끔찍했지만 평생을 함께 해 온 가족 같은 친구들을 그냥 내버려 둘 수는 없었어. 무엇보다 카레가 알려 준 대로 동물도 동물답게 살아갈 권리가 있다는 사실을 친구들에게 알려 주고 싶었지. 그래야만 우리가 살아온 힘든 이 상황을 조금이나마 바꿀 수 있을 것 같았거든. 그래, 어렵고 힘들겠지만 77이 꼭 해야 할 일이었어.

"덩치를 고소하고 싶어."

카레와 짜장이 사뭇 진지한 얼굴로 77을 바라보았어. 쉽지 않은 결정이라는 것을 알고 있기 때문이었지. 셋은 서로 눈빛을 주고받으며 고개를 끄덕였어.

카레와 짜장은 바빠졌지. 법원에 제출할 설득력 있는 고소장을 작성해야 했거든. 카레는 동물 대법전을 펼쳐 놓고 이번 사건에 필요한 과거 판결들을 열심히 찾아보았어. 컴퓨터 앞에 앉아 법정에 제출할 고소장도 또닥또닥 작성했어. 이런 작업은 시간과 정성이 많이 들어가. 책상 앞에 앉으면 몇 시간은 그냥 화살처럼 휙 지나갈 정도야. 덩치와 같이 말이 통하지 않는 사람을 위한 고소장인 만큼 단박에 잘 알아볼 수 있게 최선을 다해야 해. 카레와 짜장은 고소장을 들고 법원을 향해 달려갔어.

지난번 재판이 열렸던 고양이 법정이 동물 법정으로 합쳐지면서 자리를 옮겼어. 길고양이를 죽이려고 참치 캔에 독을 넣었던 할배가 고양이 법정에 선 이후 많은 동물이 사람에게 억울하게 당한 사건을 판결해 달라고 요청했다지 뭐야. 이번 덩치 재판은 동물 법정에서 열리는 첫 재판이었어.

카레는 법원 앞에서 한 손에는 법전을, 다른 한 손에는 저울을 들고 서 있는 정의의 동물상을 바라보았어. 심장이 두근거렸지. 어려움에 처한 동물들을 꼭 도와야 한다는 사실도 어깨를 무겁게 했어. 불합리한 세상을 바꿔야 한다면, 힘들지만 꼭 그래야 한다면, 이왕이면 더 적극적으로 약한 이들 편에 서야 한다고 생각했지.

카레의 고소장을 접수한 법원은 똑똑 판사에게 이 사건을

맡겼지. 똑똑 판사는 동물을 학대하는 고소장의 내용을 확인한 뒤 이 일이 매우 중대하다고 판단해 덩치에게 출두서를 보내기로 결정했어. 사람과 동물이 함께 재판을 받으려면 동물 법원장의 특별 허가를 받아야만 가능한데 다행히 빠른 시간 안에 허가가 떨어져 단번에 일을 처리할 수 있었어.

## 출 두 서

제2404-07호

피고소인은 동물 복지법, 음식물 폐기물 관리법,
가축 분뇨법을 위반한 사항으로 고소장이 접수되었으니
꽃동산 동물 법정 1303호로 출두할 것을 통보하며
이에 불응할 경우 강제로 연행될 수 있음을 알려 드립니다.

동물 법원 똑똑 판사

법원 소속 댕댕이 집배원이 출두서를 덩치의 사무실 앞에 초강력 딱풀로 잘 붙여 놓고 왔대. 이제 덩치가 출두서에 손을 대는 순간, 동물들 말이 들리기 시작할 거야.

짜장 탐정도 펀치 냥과 함께 법원의 허가를 받아 개 농장에서 증거가 될 만한 물품들을 가지고 왔어. 사실 탐정이란 혼자서만 잘한다고 되는 게 아니야. 함께 도와주는 이가 있어야만 명탐정이 될 수 있는 거거든. 짜장은 그 사실을 너무나 잘 알고 있었어. 그래서 펀치 냥이 도와주는 게 고맙고 든든하기까지 했지. 게다가 냥냥 펀치를 그렇게 기막히게 잘 날리는 고양이는 지금까지 본 적이 없었어. 어디에 있다가 이제 나타난 건지 정말로 반갑고 고맙기만 했지.

참, 아무것도 모르는 덩치는 낡은 트럭을 농장에 세우고 사무실로 향하고 있었어. 무슨 생각을 그리 하는지 음흉하게 웃고 있었지. 덩치는 사무실로 들어가려다 문 앞에 빨간 딱지가 붙어 있는 것을 보았어.

"이건 또 뭐야?"

덩치는 쓸데없는 전단지라고 생각했는지 얼굴을 찡그리며 빨간 딱지를 확 잡아 떼었어. 그다음은 어떻게 되었을까? 그래, 맞아. 상상이 가지? 덩치가 딱지에 손을 댄 다음부터 개들이 말하는 소리가 아주 제대로 들리기 시작한 거야.

"살려 줘, 제발. 너무 힘들어. 컹컹!"

"배가 고파. 먹을 것을 달란 말이야."

"으아아아아, 목말라 죽겠어. 물, 깨끗한 물 좀 줘. 혓바닥이 쩍쩍 갈라지는 것 같다고."

개들의 말이 들리니 덩치는 정신을 차릴 수가 없었지.

"……. 어어? 어떻게 된 일이지? 아악, 혹시 귀신인가? 도대체 이게 다 무슨 소리야?"

덩치는 너무 놀라 자기 귀를 양손으로 틀어막았어. 상식이 있는 사람이라면 댕댕이의 아우성에 귀를 기울이고 당연히 양심의 가책을 느껴야 정상일 테지만. 웬걸, 기대하면 실망도 크다더니 정말 맞는 말이야.

덩치는 지난여름에도 장염에 걸린 아픈 개들을 치료하지

않고 내버려 두었어. 그 개들을 어떻게 했는지 알아? 글쎄 식당에 팔아넘겼다고 하더라고. 물론 소문이긴 하지만 말이야. 어휴, 정말 생각만 해도 끔찍한 일이지.

또 어찌나 게으른지 뜬 장 안에 똥오줌이 쌓여서 벌레들이 우글거려도 전혀 신경 쓰지 않았지. 그러니 심한 피부병에 걸려 분홍 피부가 다 드러날 정도로 털이 빠져 버린 개들이 한둘이 아니었어. 게다가 먹을 것과 마실 물을 충분히 챙겨 주지 않아 개들이 굶어 죽을 뻔한 일도 있었지. 상황이 이러니 한숨이 절로 나올 수밖에.

얼굴이 붉으락푸르락하던 덩치가 손에 움켜쥔 빨간 딱지를 들여다보았어. 어? 이번에는 글의 내용이 눈에 또렷이 들어오는 거야.

"뭐? 동물 재판이라고? 대체 이게 무슨 말이야?"

덩치는 출두서를 들고 부들부들 떨었어. 무서워서 떠는 거냐고? 아니, 절대 아니지. 사람이 동물 법정에 서게 되었으니 자기 딴에는 얼마나 기가 차고 황당하겠어.

밖에서는 쉴 새 없이 개들의 불만이 빗발치고 있었지.

"조용히 해."

덩치는 소리를 지르며 사무실 책상을 주먹으로 쾅쾅 내리쳤어. 하지만 개들의 외침을 막을 방법은 딱 하나밖에 없었지. 동물이 동물답게 세상을 누리며 살 수 있도록 해 주는 것, 바로 그거였어. 그걸 알 턱이 없는 덩치는 한참 동안 인상을 쓰고 앉아 있다가 벌떡 일어나 밖으로 나갔어. 속이 답답했는지 바람이라도 쐬어야겠다고 생각했나 봐.

덩치는 멍하니 농장을 바라보았어. 그러다가 갑자기 눈이 왕방울만 하게 커지는 거야. 개 농장 담벼락에 꼬리를 살랑살랑 흔들고 앉아 있는 고양이 한 마리가 눈에 띄었거든. 희한하게도 털색이 반반인 고양이였어.

'옳다구나. 저 놈의 고양이를 잡아다 분풀이를 해야겠어. 흐흐.'

덩치가 아주 못된 표정을 지으며 반반 고양이를 향해 슬금슬금 다가갔어. 손에는 초록 그물망을 들고서 말이야.

"털썩"

그물망이 땅에 떨어지는 소리가 나자 곧바로 귀가 찢어지는 울음소리가 났어.

"으아아악, 야옹!"

"잡았다. 요놈."

덩치가 반반 고양이를 향해 소리쳤어. 그때였어.

"나를 꺼내라. 야옹!"

덩치가 깜짝 놀라 엉덩방아를 찧었지. 그래, 덩치는 반반 고양이의 말도 들렸던 거야.

"이봐, 반반 고양이. 넌, 왜 여기서 어슬렁거리는 거지? 지난번에 왔던 놈들과 한패인가? 그때 못 본 고양이 같기는 한데 말이야. 설마 날 염탐하러 온 거야?"

"흥! 염탐은 무슨. 나야말로 이곳에서 조상 대대로 살아왔는데 몇 년 전에 갑자기 이 개 농장이 들어서는 바람에 내 영역을 침범당했다 냥. 오히려 내가 따져야 할 소리라고!"

"어쭈? 쪼그만 게 꼬박꼬박 말대꾸를 하네."

"흥! 나를 이렇게 함부로 대하다니. 내가 누군 줄 알고!"

"네가 누구인지 내 알 바 아니지. 고양이들 때문에 내가 무슨 일을 당했는지 알기나 해?"

덩치와 반반 고양이는 서로 팽팽하게 다퉜어.

"나는 이곳의 터줏대감이다. 어서 나를 꺼내라!"

"난 이 땅의 주인이다. 흥! 내가 너를 꺼내 줄 것 같으냐? 꿈 깨시지."

반반 고양이는 초록 그물망에 끼인 채 덩치를 노려보았어. 지금으로서는 반반 고양이가 무척 불리해 보이는데 하나도 지지 않고 쩌렁쩌렁 큰소리를 내는 거야. 덩치는 양손에 힘을 주어 반반 고양이를 꽉 움켜잡았어.

"크아아앙."

반반 고양이의 저항이 만만치 않았지.

"그놈 참! 대차기도 하네."

덩치가 말을 해 놓고 보니 머리에 휙 스쳐 가는 생각이 있었어.

'만약에 이번 동물 재판에서 나를 도와준다면……. 흐흐.'

"내 몸에서 손을 떼지 않는다면 가만 안 두겠어."

"이봐, 반반! 나를 도와준다면 네가 원하는 대로 해 주겠어."

반반 고양이는 덩치를 삐딱하게 올려다보았어.

"그래? 그렇다면 이 초록 그물부터 치우시지."

"확실하게 약속을 해야 놔주든가 말든가 하지 않겠어?"

덩치는 입을 삐쭉 내밀면서 말했어. 반반 고양이는 고개를 딱 한 번 까딱했지. 솔직히 덩치가 뭘 도와 달라는 건지 궁금하기도 했어.

"뭔데?"

반반 고양이는 아주 차갑고 냉정하게 물었어. 덩치는 그런 반반 고양이 태도가 썩 마음에 들지 않았지만 어쩌겠어.

"동물 재판에 불려 가게 되었는데 나를 변호해 줄 고양이가 필요해."

"변호를 해 달라고?"

"그래, 변호만 잘해 주면 여기서 네 마음껏 살아도 좋아."

반반 고양이는 속으로 코웃음을 쳤어.

'농장 덩치, 저 녀석 따위가 뭐라고. 나야 어디서든 내 맘대로 살 수 있거늘. 흥!'

그럼에도 반반 고양이는 이 기회가 꽤 괜찮다고 생각했어. 뭔가 계산을 하는 듯 반반 고양이의 눈동자 세로줄이 커졌다 작아졌다를 반복했어. 아마도 덩치에게 세상에서 제일 맛있는 간식이나 폭신하고 편안한 잠자리라도 달라는 약속을 받아 낼 작정인지도 몰라.

"그래, 좋아. 그 약속 꼭 지켜야 할 거야. 안 그러면 내가 너를 가만두지 않을 테니. 흥!"

반반 고양이는 끝까지 차갑고 도도했어.

# 법정이 열리다

이윽고 재판 날이 다가왔어. 법원에서 출동한 동물 경찰들이 덩치의 사무실 앞에 진을 치고 있었지. 재판 시간에 맞춰 법정으로 데려가려는 거였어. 덩치 사무실 앞에는 동물들이 시위를 하고 있었지. 진정한 사과를 하고 재발을 방지하라는 피켓을 들고서 말이야. 덩치는 기가 막히고 화도 났지만 어쩔 도리가 없었지. 덩치가 문 밖을 나서자 기다리고 있던 동물 기자들이 앞다투어 마이크를 들이댔어.

"동물들의 말이 들리는 지금 심경이 어떠십니까?"

"이런 일이 생길 거라고 상상이나 해 보셨나요?"

"앞으로 계획은 어떻게 됩니까?"

"농장은 없애실 겁니까?"

덩치는 쏟아지는 질문과 펑펑 터지는 카메라 조명에 놀라 한 발짝도 움직일 수 없었지. 이건 분명 텔레비전에나 나올 법한 장면이었거든. 덩치는 불안한 눈빛으로 누군가를 찾고 있었어. 뭘 찾는 걸까? 동물들 눈이 덩치를 따라 움직였어.

오호라, 그럼 그렇지. 저 멀리서 반반 고양이가 기세 등등 하게 걸어오고 있었어. 뭐가 그리 당당한지 알 수 없었지. 덩치는 자신을 변호해 줄 반반 고양이가 오는 것을 확인하고 안도의 한숨을 내쉬었어. 동물 경찰들이 덩치를 에워싸고 천천히 법원을 향해 출발했지. 반반 고양이도 고개를 빳빳이 든 채 그 뒤를 따랐어.

동물 법정은 한솔 공원 꽃동산에 있었어. 하얀 자작나무 사이 길을 지나고 초록 이끼 가득한 야트막한 동산 중앙에 오롯이 서 있었지. 정말 그림같이 아름다운 곳이야.

동산 주변으로 이번 재판을 구경하려고 모여든 동물들이

덩치를 무섭게 노려보고 있었어. 덩치는 잠깐 움찔했지만 금세 자신을 노려보는 동물들을 번뜩이는 눈으로 이쪽에서 저쪽까지 쓰윽 훑어보았어. 서로의 눈빛이 부딪혀 '챙' 날카로운 소리가 날 것 같았지.

"모두 자리에 앉으십시오."

법원 직원의 안내에 따라 법정으로 들어선 동물들이 조용히 자리에 앉았어. 곧이어 똑똑 판사가 법정으로 들어섰어. 똑똑 판사 양옆으로 판사가 한 명씩 더 있었지.

"지금부터 재판을 열도록 하겠습니다."

덩치는 얼떨떨한 표정으로 주춤거리며 판사들 앞에 멀거니 서 있었어. 원고 변호인 자리에 있던 카레 변호사가 일어나 77이 덩치를 고소하게 된 이유를 하나하나 읊었어.

"당신은 77을 비롯한 농장 개들에게 깨끗하지 못한 환경을 제공하여 동물 복지법을 위반하였습니다. 또한 불법으로 농장을 운영하면서 개를 사육하였고 사람이 버린 음식 쓰레기를 개들에게 먹이로 주어 음식물 폐기물 관리법도 위반하였

습니다. 하나 더 있습니다. 뜬 장안에서만 생활하는 개들의
똥오줌을 제대로 처리하지 않아 가축 분뇨법도 위반하였습
니다."

카레 변호사가 고소 이유를 말하자 덩치가 어이없다는 듯
눈살을 찌푸렸어. 꼬치꼬치 검사가 덩치를 보며 호통 치듯 말
했어.

"그동안 당신이 댕댕이들에게 저지른 끔찍한 잘못을 인정
합니까?"

덩치는 갑자기 어울리지 않게 개미 기어가는 목소리로 대
답했어.

"나는 그게, 저⋯⋯. 이런 재판에 오게 된 것이 말도 되지
않게 기막히고⋯⋯. 무슨 말인지 당최 이해할 수도 없고."

땅땅.

똑똑 판사가 주의를 주려는 듯 망치를 세게 두드리자 덩치
가 흠칫했지. 꿈인지 생시인지 가늠이 안 되는 것 같았어. 덩
치를 쳐다보던 꼬치꼬치 검사가 눈에 힘을 주며 무섭게 경고

했어.

"법원의 특별 허가를 받아 사람에게도 동물의 말과 글이 들리고 보이도록 조치하였으니 변명할 생각은 하지 않는 것이 좋을 것입니다."

덩치가 77을 째려보며 식식거렸어. 자신을 고소했다는 사실에 분통을 터뜨렸지. 77은 화난 표정을 짓는 덩치를 보고 벌벌 떨었어. 뜬 장에서 벌어진 끔찍한 일들이 하나둘 기억났거든. 짜장은 77이 아주 많이 긴장하고 있다는 것을 눈치채고 분홍 젤리로 부드럽게 어깨를 토닥거려 주었어. 카레 변호사가 일어나 덩치에게 응당한 죗값을 치러야 한다고 힘을 주어 말했지.

"피고는 돈을 벌기 위해 농장에 있는 댕댕이들이 고통스럽게 살아가도록 방치하였습니다. 이러한 중차대한 범죄 사실에 대해 법을 공정하고 올바르게 적용해야 합니다."

"옳소, 옳소."

법정에 있던 동물들이 박수를 치며 환호하자 덩치가 정색을 했어.

"아니, 잠깐만요. 저는 사실 우리나라의 천연기념물인 진돗개 우수 종을 찾기 위해 애썼을 뿐입니다. 그런 제가 무슨 잘못을 했다는 겁니까?"

덩치는 화를 내듯 언성을 높이면서 주먹으로 책상을 쾅쾅 내리쳤어. 결국 거친 본색을 드러냈지. 책상을 내리치는 건 아마도 덩치의 못된 버릇인가 봐.

"어머나, 세상에 기가 막혀."

동물들도 덩치의 무례한 행동에 폭발 직전이었지. 동물들 반응을 본 덩치는 점점 불안한 마음이 들었어. 자신의 잘못을 인정한다는 것은 대단히 큰 손해를 감수해야 한다는 뜻이었거든.

그때였어. 덩치를 변호하겠다며 함께 왔던 반반 고양이가 어깨를 우쭐거리며 일어섰어.

"자, 다들 진정하시고 제 말 좀 들어 보세요. 이 불경기에 그저 새끼만 낳는 개들에게 밥을 주고, 집도 주고, 종일 놀게

해 주었는데 고마워하지는 못할망정 사과를 하라니. 이거 정말 은혜를 모르는 거 아닙니까? 그리고 좀 전에 피고인이 말한 대로 진돗개를 사육한 것은 천연기념물을 보호하고 혈통이 우수한 품종을 이으려는 노력을 한 겁니다. 불가피한 측면이 있다는 것입니다."

반반 고양이가 변호를 마치자마자 곧바로 말했어.

"재판장님 참고인을 신청하겠습니다."

반반 고양이가 입술에 옅은 미소를 머금었지. 똑똑 판사는 반반 고양이 말대로 참고인을 증인석에 세울 수 있도록 허락했어.

"참고인은 앞으로 나와 댕댕 경위의 안내에 따라 선서하세요."

참고인으로 출석한 진돗개보존협회 진 회장은 느긋하게 증인석으로 걸어 나왔어.

"본인은 이 법정에서 사실대로 말할 것을 선서합니다."

반반 고양이는 참고인에게 직업과 하는 일이 무엇인지 물었어.

"저는 진돗개 혈통 보존을 위해 애쓰고 있는 사람이올시다."

진 회장은 눈을 데구루루 굴리며 청중을 응시했어.

"진돗개 혈통을 보존하기 위해서 댕댕이를 사육한 농장을 어떻게 보시나요?"

반반 고양이가 질문했어.

"네, 저는 진도에서 태어나 진돗개와 평생 살아온 사람으로서 순수 혈통을 찾으려는 개 농장의 노력은 인정해 줘야 한다고 봅니다. 큼큼. 동물을 키우고 관리하는데 환경적으로 부족한 부분은 있겠지만 진돗개 혈통을 살리려는 노력을 한 것이니까요. 좋은 일을 하다 보면 안 좋은 일도 조금씩 생기기 마련이지요."

갑자기 동물 법정에 싸늘한 긴장감이 감돌았어. 동물들은 서로를 빤히 쳐다보며 진 회장의 증언에 이해할 수 없다는 표정을 지었지.

"진돗개는 천연기념물로 지정된 아주 훌륭한 개로서, 참고인의 진술에 따르면 개 농장은 동물을 학대한 것이 아니라 오히려 보존하는 데 큰 기여를 한 셈이군요. 그렇죠?"

반반 고양이가 한 번 더 확인하듯 물었어.

"뭐……. 큼큼. 그렇다고 볼 수 있지요."

진 회장 발언에 덩치의 얼굴이 환하게 밝아졌어. 반대로 반반 고양이의 터무니없는 말에 법정에 있던 동물들이 분통을 터트렸지.

"아니, 저런 말도 안 되는 소리가 있나?"

"정말 기가 차서 말이 안 나오는군."

법정에 있던 청중들이 여기저기에서 웅성거리자 카레 변호사가 자리에서 벌떡 일어났어.

"댕댕이들을 오랫동안 뜬 장 안에 고통스럽게 방치한 행위가 어떻게 순수 혈통을 찾으려는 노력이란 말입니까? 잘못된 행동에 대한 합당한 처벌을 받아야 합니다. 동물에게도 복지라는 것이 있습니다. 이것은 엄연히 동물 복지권을 어긴 행동으로써 가만두고 볼 수 없습니다. 같은 생명으로서 지켜야 할 원칙과 도리가 있다는 말입니다."

덩치는 카레 변호사가 자신을 비난하고 있다고 생각해 울상을 지었어. 덩치가 반반 고양이에게 억울하다는 눈짓을 보내자 반반 고양이가 다시 나섰어.

"사람들이 개를 원하니 사고파는 시장도 생긴 것이 아닙니까? 왜 피고에게 모든 죄를 덮어씌우는 것입니까? 개를 산 사람들이 잘못 아닙니까? 어릴 때는 귀엽다고 키우다가 병이 들거나 다른 문제가 생기면 길에 내버리는 사람들이 문제란 말입니다. 피고는 적어도 그런 사람이 아닙니다. 아니, 오히려 그 반대입니다. 피고는 개를 지키려는 사람이란 말입니다. 그렇게 먹여 주고 재워 주었는데 피고를 물어뜯고, 기회가 생기면 어떻게든 도망치려고 하는 걸 보면 참으로 은혜를 모르는 것이 아닐까 생각할 수밖에 없습니다."

"이 무슨 말도 안 되는 소리냐?"

화가 단단히 난 댕댕이들이 소리치자 반반 고양이가 오른

쪽 앞발을 들어 푹푹 내지르며 삿대질을 했어.

"피고는 그저 순수하게 진돗개의 혈통을 이어 보겠다는 정당한 이유로 개들을 키운 것입니다. 이 점을 잊어서는 안 됩니다."

덩치는 반반 고양이의 변호를 들으며 그제야 마음이 편해졌는지 기고만장한 표정을 지었어.

"저런, 저런."

법정에 있던 동물들이 뜨거운 울분을 온몸으로 꿀꺽꿀꺽 삼키고 있었지.

# 판결이 나오다

"땅땅."

똑똑 판사가 청중들을 진정시키며 조용히 하라고 했어. 반반 고양이의 변호를 들은 카레 변호사가 입술을 일자로 굳게 다문 채 자리에서 일어났어.

"재판장님 참고인을 신청하겠습니다."

똑똑 판사는 카레 변호사가 신청한 참고인을 받아들였어. 동물 보호소에서 일하는 동물 복지 전문가 견 박사였지.

"참고인은 앞으로 나와 댕댕 경위의 안내에 따라 선서하세요."

견 박사는 두터운 안경을 추어올리더니 카레와 77을 한 번씩 쳐다보고 증인석으로 향했어.

"본인은 이 법정에서 사실대로 말할 것을 선서합니다."

카레 변호사가 참고인에게 물었어.

"증인은 동물 학대를 예방하고 그들이 인간과 더불어 살아온 역사에 대해 연구하고 계시죠?"

카레가 좀 더 자세하게 견 박사의 연구에 대해 물었어.

"네 맞습니다. 저는 사람과 동물이 함께 살게 된 것과 동물이 사람들에게 미치는 긍정적인 영향, 그리고 그 권리를 꾸준히 밝혀 왔습니다."

"재판장님, 증거 물품 제1호를 제시합니다."

카레는 덩치가 운영하는 개 농장 사진을 재판장에게 증거 물품으로 제시했어.

"어떠세요? 참고인이 보기에 동물을 어떻게 관리하는 것 같습니까?"

견 박사는 카레가 제시한 증거 사진을 찬찬히 살펴보았어.

증거 물품으로 제시된 사진들은 법정에 참석한 청중들도 볼 수 있도록 커다란 TV 모니터에 상영되고 있었지. 먼지와 오물이 가득 쌓인 뜬 장에 갇혀 있는 어미와 새끼들, 뜬 장 구멍 아래로 다리가 빠져 버린 채 괴로워하는 모습, 어디가 아픈지 몸을 동그랗게 말고 움직이지 않는 모습, 털 사이로 보이는 피 묻은 발, 구더기가 보이는 썩은 음식과 녹조가 가득한 물 그릇 등이 번갈아 가며 보였어. 차마 눈 뜨고 볼 수 없는 끔찍한 모습에 여기저기에서 탄식 소리만 들렸지.

사진을 본 반반 고양이와 덩치도 긴장하는 모습이 역력했어. 견 박사는 헛기침을 한 번 하더니 입을 떼었어.

"음, 이 사진에 보이는 모습은 동물 학대가 분명합니다. 첫째, 동물들이 생활하는 뜬 장을 제대로 관리하지 않고 지저분한 상태로 내버려 둔 점, 둘째, 제대로 된 음식과 깨끗한 물을 제공하지 않아 건강을 해치게 한 점, 셋째, 아픈 동물을 치료하지 않고 내버려 둔 점입니다."

참고인의 진술이 끝나자 무거운 표정으로 카레 변호사가

자리에서 일어났어. 그러고는 짜장과 펀치 냥을 의미심장하게 보았지. 짜장이 힘내라는 듯 한쪽 눈을 찡긋거렸어. 펀치 냥은 정의의 주먹을 들어 보였지. 그래, 이제 카레 차례야. 댕댕이들의 동물권을 함부로 짓밟은 덩치에게 제대로 한 방 먹여야 해. 재판에서는 항상 증거가 중요했지. 그래서 카레가 비밀리에 준비한 것이 있었어.

증거 물품 제2호! 바로 뜬 장이었지. 세상에나, 어떻게 이걸 법정까지 가져올 생각을 했을까? 짜장과 펀치가 동물 친구들의 힘을 빌려 가져온 정말 꼼짝 못 할 증거품이었지.

"피고는 뜬 장 안으로 들어가 보십시오."

카레 변호사의 요구에 덩치는 황당한 표정을 지었어. 꼬치꼬치 검사도 똑똑 판사도 덩치에게 뜬 장 안으로 들어가 보라며 고개를 끄덕였지.

"아니, 이렇게 좁고 더러운 곳에 어떻게 들어가라는 말이에요?"

댕댕 경위가 눈을 부릅뜨자 덩치는 얼굴을 찌푸리며 뜬 장

안으로 들어갔어. 심술궂은 표정으로 쪼그려 앉은 덩치를 향

해 카레 변호사가 말했어.

"눈에는 눈, 이에는 이라는 속담이 있습니다. 본인이 당해 봐야 깨닫게 되는 것들이 있습니다. 뜬 장 속 삶은 버려진 삶입니다. 댕댕이들이 살고 있는 뜬 장에 직접 들어가 보면 그곳이 얼마나 참혹하고 고통스러운 곳인지 뼈저리게 깨닫게 될 것입니다. 그뿐만 아닙니다. 이 세상을 함께 살아가는 다른 생명을 존중하지 않고 자기 마음대로 힘을 과시하는 행동도 잘못된 것입니다. 자기보다 약하다고 생각하여 함부로 대하는 것, 이는 용서받지 못할 행동입니다. 학대받기 위해 태어난 생명은 이 세상에 아무도 없습니다. 생명 위에 생명 없고, 생명 밑에 생명 없습니다. 생명은 모두에게 소중한 것입니다."

"와, 카레 변호사 최고다!"

카레가 이야기를 마치자 법정이 떠나가도록 우레와 같은 박수 소리가 울려 퍼졌어.

뜬 장 안에 들어가 있던 덩치는 좁은 공간에서 몸을 비틀며 힘들어했지. 엉덩이가 아프다며 우는 소리를 냈어.

"으흐흑, 제발 꺼내 주세요. 아파 죽겠다고요."

덩치의 울부짖음에 똑똑 판사는 뜬 장 밖으로 나와도 좋다고 허락했어. 카레 변호사가 입을 삐죽거리는 덩치를 보며 차갑게 말했어.

"그것 보십시오. 당신도 얼마 버티지 못하는 그곳에서 뜬 장 속 댕댕이들은 평생을 살아갑니다. 이 자리에 선 원고도 그렇게 살았습니다. 번식견은 사람들의 이기심이 만든 비극입니다. 이들은 철장 안에 갇힌 채 새끼를 낳고 또 낳으며 살았습니다. 사방에 구멍이 뚫린 뜬 장 안에서 눈보라나 비바람도 피하지 못한 채 고통스럽게 살아왔습니다. 되풀이되는 이런 끔찍한 현실은 매번 지옥 같을 수밖에 없습니다. 원고도 어느 순간 알게 되었습니다. 자신이 대단히 불행하다는 것을요. 무엇이 원고로 하여금 그런 생각을 하게 했을까요? 그것은 자연 속 동물답게 그저 평범하게 살고 싶다는 지극히 단순한 마음에서 시작되었을 겁니다."

덩치와 반반 고양이가 콧방귀를 뀌었지만 법정에 있던 댕댕이들은 카레 변호사의 말에 깊이 공감하며 뜨거운 박수를 보냈어. 어떤 댕댕이는 거친 앞발로 눈물을 연신 찍어 내기도 했지. 많은 이가 개 농장에 있는 댕댕이들의 고통에 공감하고 있었어.

법정에 참석한 동물들은 부당한 현실에 대해 정당한 판결을 기대하며 똑똑 판사를 뚫어지게 바라보았어. 똑똑 판사가 심각한 표정으로 좌배석, 우배석 판사와 진지하게 논의했지. 덩치는 카레 변호사의 변론이 자신에게 영 불리하다는 생각을 했나 봐.

"저, 제 이야기 좀 들어 보세요. 다른 사육장도 사정은 마찬가지거든요. 괜히 저만 운 나쁘게 걸린 거라고요."

똑똑 판사는 끝까지 자신의 잘못을 인정하지 않는 덩치 말에 이맛살을 찌푸리고 말았어. 눈치 빠른 반반 고양이가 벌떡 일어나 앞발을 배꼽에 공손히 올려놓으며 말했지.

"판사님, 피고의 자기 방어권을 인정해 주시기 바랍니다."

반반 고양이가 덩치에게 눈을 꿈쩍거리며 이상한 신호를

보냈어. 그걸 본 덩치도 갑자기 양손을 모으고 고개를 숙이는 거야.

"아이고. 재판장님, 제가 잘 몰라서 그랬습니다. 예전부터 사람들이 몸의 기운을 돕기 위해 개를 보신탕으로 먹기도 하고 또 가계에 보탬이 되기 위해 강아지를 사고팔다 보니 이런 일을 하게 되었습니다. 사실 저도 개를 좋아합니다. 아까 말씀드린 대로 진돗개 혈통을 지키기 위해서 부단히 노력해 왔다고 누차 말씀드리지 않았습니까."

덩치가 이죽거리며 말하는 폼이 뭔가 수상한 냄새가 폴폴 나. 어떻게든 책임을 면해 보려는 게 분명해. 똑똑 판사는 입술에 침도 바르지 않고 말도 안 되는 소리를 늘어놓는 덩치를 무섭게 노려보았어. 자신의 행동을 합리화하는 변명일 뿐이라는 것을 뻔히 알고 있었지.

"원고! 마지막으로 하고 싶은 이야기가 있으면 하세요."

똑똑 판사가 77에게 말할 기회를 주었어. 카레 변호사는 77이 망설이고 있다는 것을 알아채고 뜨거운 눈빛으로 응원해 주었지. 77은 주먹을 꽉 쥔 채 용기를 내어 말을 시작했어. 목소리가 떨리고 있었지.

"뜬 장에서 사는 것은 그 자체로 고통이었습니다. 좁은 장에 갇혀 아무것도 할 수 없는 곳에서 새끼를 낳고 또 낳는 가혹한 학대를 받았습니다. 그 누구도 저를 도와주지 않았습니다. 하지만 저는 엄마와의 약속을 기억하며 뜬 장에서 절대로 죽지 않겠다는 다짐으로 하루하루를 버텼습니다. 그리고 목숨을 걸고 탈출하여 자유를 얻었습니다. 세상에는 여전히 동물을 유기하고 학대하는 사람들이 있습니다. 이 일이 바로잡히지 않는다면 지금까지 제가 겪었던 고통을 누군가 또 겪겠지요. 엄마는 지키지 못했지만 이제 저의 마지막 새끼들만은 꼭 지키고 싶습니다. 새끼들이 제가 걸었던 이 비참한 길을 다시 가게 할 수는 없습니다. 그 누구에게도 이런 일이 반복되어서는 안 됩니다. 이번 재판을 통해 동물이 동물답게 살아갈 수 있는 세상을 앞당기는 큰 계기가 되기를 간절히 바라고 또 바랍니다."

77이 말을 끝내자 동물 법정은 숙연해졌어. 구구절절 옳은 말이었거든. 이번에는 똑똑 판사가 덩치에게 말했어.

"피고! 마지막으로 하고 싶은 이야기가 있으면 하세요."

덩치가 쭈뼛거리며 자리에서 일어섰지.

"저는 여태까지 동물의 고통은 사람과 다를 것이라고 생각했습니다. 하지만 지금처럼 동물의 말이 들리고 보니 동물도 사람과 똑같이 소중한 생명이라는 것을 깨닫게 되었습니다. 앞으로는 동물들을 잘 보살피면서 살아가겠습니다. 한 번만, 그냥 딱 한 번만 눈 감아 주시기를 부탁드립니다."

가만히 앉아 있던 똑똑 판사의 눈꼬리가 매섭게 치켜 올라갔어. 잘못한 것에 대해 죗값을 달게 받겠다는 것이 아니라 한 번만 봐 달라는 말에 어이가 없었거든. 어휴, 덩치는 끝까지 자기 본색을 숨기지 못했지.

이윽고 똑똑 판사가 생각을 정리한 듯 망치를 땅땅 두드렸어. 모두의 눈과 귀가 집중되었지.

"피고는 자신의 사리사욕을 채우기 위해 개 농장을 운영하면서 개들에게 먹여서는 안 되는 썩은 음식을 제공한 점, 새끼를 못 낳거나 아픈 개는 식당으로 팔아넘긴 점, 고귀한 생명을 철제 뜬 장에 방치하여 제대로 자지도, 쉬지도 못하게 한 점, 살이 타들어 가는 뜨거운 여름과 칼바람이 살을 파고드는 추운 겨울도 아랑곳하지 않고 그냥 내버려 둔 점, 그리고 생명에게 가장 중요한 마실 물을 제때에 챙겨 주지 않아 목이 타는 고통을 느끼게 한 점 등은 심각한 동물권 침해를 한 것으로 판단합니다. 동물에게 직접 상해를 입히지 않고, 위협을 하는 행위만으로도 동물을 학대한 것에 해당하므로 재판부는 다음과 같은 판결을 내립니다."

# 판결문

1. 피고에게 벌금 일천만 냥을 선고한다.

2. 개 농장을 당장 폐쇄하고 뜬 장에 있는 모든 댕댕이를 풀어 준다.

3. 자신의 잘못을 뉘우치는 반성문을 작성하여 동물 온라인 커뮤니티에 1년 동안 게시한다.

4. 동물 구호 기관과 협조하여 댕댕이들이 진정한 가족을 찾도록 한다.

5. 댕댕이 통역사 자격을 취득하여 그들의 생각과 마음을 이해하도록 한다.

6. 동물 보호소에서 365시간 봉사한다. 가장 사납고 덩치가 큰 개를 하루에 다섯 번 산책시키고 댕댕이들의 똥오줌을 깨끗하게 치운다.

7. 위의 판결을 제대로 이행하지 않을 시 곧바로 댕댕이 불협화음 3중창을 녹음하여 귀청이 떨어질 때까지 밤낮으로 들려준다.

덩치와 반반 고양이는 입에 거품을 물며 이번 판결을 받아들일 수 없다고 항의했어. 하지만 재판부는 그들의 주장을 받아들이지 않았지. 이번 재판을 통해 번식장은 생명을 출산의 도구로 이용하는 동물 학대라는 점을 분명히 했어. 또한 동물 보호법을 비웃지 못하도록 판결문을 통해 강력한 처벌과 규제를 한 거야.

똑똑 판사의 판결문이 낭독되자 동물 방송국 기자들이 전국으로 방송을 내보냈어. 아나운서들은 동물 법원을 배경으

로 커다란 마이크를 들고 저마다 이번 사건이 어떻게 시작되었고 어떻게 마무리되었는지 아주 상세하게 보도하고 있었지.

77은 법정에서 똑똑 판사의 판결을 듣고 막혀 있던 체증이 쑥 내려가는 기분이 들었어. 이제야 몸도 마음도 자유로워졌지. 77 눈에서 투명 구슬이 꽃잎처럼 하염없이 떨어져 내렸어. 알잖아, 동물도 기쁘거나 슬플 때 눈물을 흘린다는 사실을 말이야.

여기서 끝이냐고? 아니, 더 특별한 이야기가 남아 있어. 그게 뭐냐면.

카레와 짜장, 그리고 펀치 냥은 77에게 근사한 이름을 지어 주고 싶었어. 77이 오래오래 행복하게 살기를 바라는 마음이었거든.

"77, 있잖아, 우리가 너에게 멋진 이름을 선물하려고 해."

카레가 웃으며 이야기했어.

"오, 좋아, 컹컹!"

"오래오래 살라는 의미로 '오래' 어때?"

짜장이 눈을 반짝이며 물었어.

"오래? 하하하, 정말 맘에 든다. 컹컹!"

카레와 짜장, 펀치 냥과 오래는 보호소 옥상에 마련된 카페에서 맛난 음식을 나눠 먹었어. 그리고 서로의 행복을 기원하면서 밤하늘에 빛나는 별과 달을 한참 동안 올려다보았지. 모두가 행복한 마음이었어.

참! 카레와 짜장은 아주 신바람이 났어. 이번 개 농장 탈출 사건도 아주 멋지게 마무리했으니까.

"여럿이 함께하니 좋은 일이 더 많이 생기는 것 같아."

카레 말에 짜장이 웃으며 고개를 끄덕였어. 펀치 냥은 치즈 맛 참치를 잘근잘근 씹으며 아주 만족스러운 표정을 지었지.

"이렇게 맛난 것을 매일 먹으면 좋겠다 냥."

"하하하."

야옹이 세 마리와 오래는 입안이 훤히 들여다보일 정도로 크게 웃었지.

"띠리냥냥, 또로냥냥~ 띠리또로냥냥."

"어? 휴대폰 울린다."

카레가 짜장에게 어서 받으라는 눈짓을 보냈어.

"냥냥~ 카레와 짜장 합동 사무소, 짜장 탐정입니다. 아, 네.
……. 네, 얼른 가겠습니다."

짜장이 전화를 끊으며 카레에게 말했어.

"새로운 사건이야. 비밀 유지를 해 달라는데? 어서 합동 사
무소로 가 보자."

"그래, 우리를 기다리는 이들을 위해!"

카레와 짜장은 힘차게 달려 나갔어. 펀치 냥과 오래가 환하
게 웃으며 파이팅을 외쳐 주었지. 아휴, 이렇게 멋진 야옹이
들을 어떻게 좋아하지 않을 수 있겠어. 누군가에게 무슨 일이
생기면 무한한 힘이 솟는 아주 특별한 카레와 짜장을 언제 어
디서든 뜨겁게 응원해 주길 바란다 냥!

# 작가의 말

신기하게도 책을 읽을 때면 누구든 특별한 능력이 생겨요. 바로 상상력이죠. 보고 느낀 것을 마음껏 생각하다 보면 어느 순간, 상상했던 것들이 현실이 되어요.

이 책의 주인공 오래는 실제 살아 있는 진돗개 믹스견이랍니다. 제가 아는 뽀글머리 샘이 오래를 길에서 발견하고 어려운 과정을 거쳐 힘들게 입양했어요. 오래 이야기를 조금 더 해 볼게요.

뽀글머리 샘이 오래를 처음 봤을 때 목에는 엄청 두꺼운 목걸이를 하고 몸은 뼈가 앙상할 정도로 삐쩍 마른 상태였대요. 귀 안쪽에는 문신처럼 숫자 77이 새겨져 있었고요. 샘이 어찌할 바를 몰라 구청에 문의했더니 담당자가 동물 임시 보호소로 연결해 줬대요. 좋은 주인을 만나 잘 살 거라고 안도했는데 이상하게 마음이 쓰이고 눈에 아른거리더래요. 며칠이 지나 보호소에 전화했는데 세상에나…… 누군가에게 입양되지 않으면 일주일 후에 안락사 된다고 했대요. 뽀글머리 샘이 얼마나 놀랐겠어요. 오래를 구해 주려고 동물 보호소에 보낸 건데 말이에요.

그래서 오래를 처음 만난 곳 근처에 가서 전단지를 열심히 뿌렸대요. 주인을 찾으려고요. 하지만 안타깝게도 연락이 닿지 않았고 설상가상 오래는 동물 보호소에 잘 적응하지 못했대요. 밥 주는 자원 봉사자를 세게 물어 버리는 바람에 입양이 어려울지 모른다는 이야기를 듣는 순간, 샘은 오래를 입양하기로 마음먹었대요. 오랫동안 함께하고 싶은 마음에 이름도 오래라고 지었다지 뭐예요. 오래는 진짜 복이 많아요. 뽀글머리 샘과 멋진 가족이 되었으니까요.

그런데 얼마 전에 샘을 만났는데 팔다리에 옅은 멍 자국이 여러 개 보이는 거예요. 누가 그랬을까요? 그래요. 안타깝게도 오래가 나쁜 입질로 샘을 자꾸만 물어 버린 거예요. 오래의 입질을 고치기 위해 동물 전문 훈련사를 만나 조언을 듣고 훈련소에도 보내면서 오랫동안 노력했대요. 그런데도 잘 고쳐지지 않아 속상한 마음에 펑펑 울어 버렸다지 뭐예요. 그러던 어느 날, 오래는 마침내 입질하지 않게 되었대요. 뽀글머리 샘이 얼마나 기뻤을까요. 이제는요, 서로에게 없어서는 안 될 정말 소중한 존재가 되었다고 해요.

요즘 오래는 밥을 먹기 전에 엉덩이로 춤을 추고, 간식을 달라며 옹알이하고, 산책할 때는 토끼처럼 뛰어다니고, 기분 좋을 때는 샘에게 달려들어 애교스럽게 몸통 박치기를 하면서 얼굴을 부비부비한대요. 어때요? 정말 사랑스럽죠?

이 책을 재미있게 읽는 어린이 독자 여러분이 열렬히 응원해 주면 오래는 이 세상에 태어난 것을 더욱 행복해할 거예요. 여러분도 오래가 오래오래 행복했으면 좋겠죠? 우리 함께 외쳐 줄까요?

"오래야, 오랫동안 행복하길 바라. 파이팅!"

최수영